I Protettori del Branco

N.J. LYSK
Le Stelle del Branco – Libro 3

Informazioni sul libro che avete acquistato

Traduzione di: Sonja K. per "Quixote Translations"
Edizione italiana a cura di: Alessandra Magagnato
Edizione rivista da ITAversum nel 2024
Copyright N.J. Lysk - Tutti i diritti riservati
PalmHeartsBooks@gmail.com
ISBN: 978-1-916630-44-4

Cover artist: Mery Gonzalez
Sito web: www.njlysk.com/libri

Le Stelle del Branco:

Avvertenza

La lettura di questo libro è consigliata a un pubblico di soli adulti in quanto contiene scene di natura sessuale tra due o più uomini consenzienti.

Questo romanzo parla degli inizi di una relazione BDSM tra personaggi che non hanno conoscenze al riguardo e la confondono con la reale sottomissione/dominazione al di fuori della camera da letto. Ciò implica un certo livello di sesso violento che potrebbe urtare i più sensibili.

Trama

Un alpha. Un beta.
Un incontro del destino.
Che cambiò ogni cosa.

F*orse un beta può conquistare il cuore di un alpha, ma può tenerselo?*

Alec è una persona razionale, un uomo di scienza. Sa che ci sono delle cose che non si possono cambiare. Non può essere più estroverso, non può smettere di preoccuparsi di cosa pensano di lui le altre persone, e non può smettere di essere gay.

Però è intelligente. Abbastanza da comprendere che potrebbe andargli peggio. Anche se i suoi genitori si aspettano che lui sposi una donna, almeno è un beta e ciò significa che può completare gli studi prima che inizino a fargli domande a cui non può rispondere.

Ama il suo corso di laurea e la sua famiglia, anche se non sa come parlare con loro. Ma è sufficiente: la prende con calma, studia tanto, e non si ficca nei guai.

E poi incontra un lupo alpha in un club e scocca la scintilla.

Gabriel è tutto ciò che Alec non è: potente, sicuro di sé, dominante, libero. L'ultima cosa che si aspetta è che Gabriel ritorni per avere di più, dopo aver passato una luna piena assieme, e quando lo fa, Alec non è capace di dire di no. Anche se sarebbe opportuno, anche se sarebbe saggio.

Con ogni bacio si innamora sempre di più, con ogni abbraccio aumentano i suoi bisogni... Anche se sa che a un beta non sarà mai permesso di tenersi a lungo un alpha.

"I Protettori del Branco" è il terzo libro della serie Le Stelle del Branco e contiene spoiler sui libri precedenti. Include sesso violento, istinti animali, angst, e supera parecchi limiti.

LA STORIA È DIVISA in due periodi di tempo: il passato lontano (tre anni prima, quando Alec e Gabriel si sono incontrati per la prima volta) e il passato recente (appena dopo gli eventi di "**Un Alpha per il Branco**"). Gli eventi del passato recente hanno senso solo nel contesto dei libri precedenti, naturalmente.

Capitolo Uno: Passato Recente

Alec lo aveva sentito avvicinarsi, ovviamente. Sapeva anche che si trattava di Gabriel. Con suo imbarazzo, poteva distinguere i suoi passi sicuri da quelli di chiunque altro del branco. Però Gabriel non veniva mai in camera sua, quindi ciò non gli impedì di essere nervoso per quella visita inaspettata.

Gabriel bussò. Alec lo invitò a entrare. Alzò lo sguardo su di lui per appena un secondo prima di tornare a fissare il portatile: stava revisionando i dati che aveva raccolto sui cuccioli, chiedendosi se poteva convincere qualcuno nel vecchio branco a lasciargli pesare e misurare regolarmente i loro figli. La maggior parte dei licantropi pensava che la medicina fosse una scienza umana e che non ci fosse motivo di lasciarsi coinvolgere, quando le piccole conoscenze che potevano utilizzare – curare le fratture, arrestare emorragie copiose – si potevano adattare abbastanza bene, se adeguate al tempo ridotto di guarigione. Ma Alec non avrebbe lasciato la salute dei suoi piccoli a quelle che praticamente erano dicerie, trasmesse da quando i mutaforma vivevano nelle caverne. Certo, un elemento essenziale era che Alec non aveva davvero nessuno a cui chiedere, quindi era più un fantasticare che qualcosa di utile.

«Ehi,» lo salutò Gabriel, in tono basso. Alec riusciva a malapena mettere a fuoco il testo di fronte a lui ora, figurarsi leggerlo. Gabriel era un uomo imponente, ma si prendeva comunque più spazio di quanto avrebbe dovuto secondo le leggi della fisica. Stava curvo contro la porta, senza davvero entrare o chiuderla, nonostante il fatto che Alec gli avesse dato il permesso.

Avrebbe voluto irritarsi, però Gabriel si stava solo comportando gentilmente: poteva intuire di minare ancora la sua compostezza e non voleva intrappolarlo in uno spazio ristretto. Alec avrebbe quasi preferito temere di trovarsi in imbarazzo, ma non che Gabriel arrivasse a leggergli la mente.

«Ehi,» rispose, riducendo e poi espandendo la stessa finestra sul pc. «Come butta?»

Gabriel rise, e lui alzò lo sguardo. Non poteva impedirselo, quel suono... «Scusa, i tuoi tentativi di slang sono un po' troppo, Alec.»

Alec rabbrividì, sia per il suono del suo nome sulla bocca di Gabriel che per la dimostrazione di quanto ancora l'altro lo conoscesse bene. Alzò le spalle, tornando a guardare il computer. Gabriel non aveva realmente provato a parlargli da quando l'aveva invitato a unirsi al nuovo branco che si stava formando attorno a suo cugino omega. In tutta onestà, non poteva dire di aver mandato giù la cosa, ma almeno aveva saputo come gestire il silenzio.

«In realtà ho una domanda,» disse poi Gabriel, con tutto il divertimento che svaniva dalla sua voce. Alec tolse la mano dal mouse, ma non lo guardò. Aveva bisogno di ascoltarlo e guardarlo mentre parlava non lo avrebbe aiutato. «Che diavolo è successo durante la luna piena?»

Lui si irrigidì. Aveva temuto quella domanda o qualcosa di simile. Per tutta la vita si era assicurato di essere più preparato possibile, era stato orgoglioso della sua abilità di ricordare nozioni e ora, quando importava davvero, quell'ammissione era quasi fisicamente dolorosa. «Non lo so.»

Non aveva mai avuto davvero certezze, nemmeno quando aveva assicurato loro che Ray non avrebbe concepito mentre stava allattando. L'aveva supposto, e ci aveva perlopiù azzeccato e ora si aspettavano che lui avesse tutte le risposte. Eppure, non era che Alec potesse andare in giro a chiedere a omega maschi dei dettagli intimi delle loro vite sessuali. Un omega sarebbe stato autorizzato a farlo, e un beta avrebbe anche potuto passarla liscia... Ma non un alpha. Anche se Ray era il suo compagno e proteggerlo era la sua priorità, doveva arrangiarsi con congetture e aneddoti di seconda mano.

Gabriel sbuffò. «Okay, tira a indovinare allora. È stato sufficiente in passato.»

Alec si voltò verso di lui, soprattutto perché aveva bisogno che Gabriel vedesse quanto fosse serio. Le rotelle della sedia si incastrarono nel pavimento grezzo di legno, stridendo in protesta, ma lui strinse i denti e si concentrò. «Penso... penso che i lupi sappiano che... che è stato ferito. Quindi lo stanno proteggendo. Vogliono che stia al sicuro ed essere incinto non lo è.»

Gabriel aggrottò un sopracciglio. Era sufficiente per capire che era confuso ed evitò ad Alec di dover incrociare i suoi occhi. «Ma non lo vogliono sempre? Hanno comunque avuto bisogno di accoppiarsi con lui tutte quelle volte, anche dopo che era gravido.»

«Sì, io...» Alzò abbastanza il viso da incrociare il suo sguardo, poi spiegò: «Lo sto supponendo. Sarebbe già dovuto entrare in calore, anche se sta allattando di nuovo. Però non l'ha fatto, e io non... Non sento il bisogno di lui. Non ne ho avuto bisogno da quando...» Si bloccò. Non voleva dire quella parola, specialmente non a Gabriel, che non era stato in grado di raccontargli di più se non che Nicholas aveva aggredito Ray e per questo Ray l'aveva ucciso. Alec non sapeva fin dove fosse arrivato e non poteva fargli affrontare la sofferenza di raccontare i dettagli. Lui non voleva nemmeno pensare al suo compagno che... Era semplicemente troppo, dopo tutto ciò che Ray aveva affrontato. Lo faceva sentire impotente e anche arrabbiato, perlopiù verso se stesso. Non pensava che un alpha avrebbe dovuto sentirsi così. Era certo che non era ciò che provava Gabriel. Non aveva bisogno di chiederglielo per sapere che, se non lo avesse fatto Ray, Gabriel si sarebbe occupato di Nicholas subito, senza fare domande. Alec si chiese se il suo lupo avrebbe potuto infondergli forza per fare lo stesso, o se tutto il suo amore servisse solo a misurare e quantificare. E a fare ipotesi dannatamente inutili.

«Quindi siamo stati fortunati,» concluse Gabriel. Alec si irrigidì e l'altro fece subito retromarcia. «Cazzo, scusa! Intendo con la mancanza del calore e... che possiamo lasciarlo stare. È solo culo, non hai una spiegazione.»

Alec scosse il capo.

Gabriel si strofinò le cosce, una minuscola crepa nella sua calma apparente. Chiaramente, non gli piaceva non sapere cosa stava succedendo più di quanto non piacesse a lui; non potevi controllare ciò che non capivi e se avevano una cosa in comune era il bisogno di mantenere il controllo. «Quindi... c'è qualcosa che possiamo fare?»

Era una domanda, però era anche una preghiera. Gabriel non sopportava aspettare, era un uomo d'azione. Aggiustava le cose quando si rompevano, non appena si rompevano, davvero. Ma Alec non poteva dirgli come sistemare la situazione. Alzò di nuovo le spalle, rifiutandosi di incontrare i suoi occhi. Sapeva che lo stava deludendo. Che stava deludendo Ray. Il branco. A volte era tutto quello che riusciva a fare: fallire.

«Aiuterebbe fare sesso con qualcun altro?» aggiunse Gabriel.

Per quello, Alec si sorprese abbastanza da guardarlo in faccia. Gli occhi di Gabriel erano di un bellissimo blu e i suoi capelli biondi scompigliati avrebbero potuto vendere un sacco di shampoo o altri prodotti molto meno adatti ai bambini. Se voleva fare sesso, ci sarebbe stata la fila.

Alec deglutì, stringendo le spalle. «Suppongo che dovrebbe aiutare un po'. Ai lupi non dovrebbe importare, ma renderebbe... diminuirebbe le pulsioni umane?» offrì.

«Be', Iesu e Sergi sembrano certamente apprezzarlo,» commentò Gabriel. Alec non riusciva a capire cosa l'altro provasse al riguardo, era riluttante accettazione? Gelosia? Interesse?

Sapevano entrambi che gli altri due alpha andavano a letto assieme, ovviamente, però Alec non ne aveva mai fatto parola. Non gli era parso educato. Di certo non erano affari suoi. Era inusuale, per quanto ne sapeva, ma d'altronde nessuno si era disturbato a documentare che la mutazione licantropesca non curava tutti i disturbi, quando si parlava della mente, giusto?

Allo stesso modo, non erano affari suoi se Gabriel voleva sfogare i propri istinti con qualcun altro. Non pensava che a Ray sarebbe importato. Probabilmente si sarebbe trattato di un umano. Gabriel aveva raccontato che preferiva scop... *dormire* con altri mutaforma perché non doveva trattenersi troppo, ma gli sarebbe stato difficile trovare un uomo del genere in un bar e non era come se potesse approcciare qualcuno del loro vecchio branco, o di un altro. Non quando aveva un compagno.

Se Gabriel voleva scopare, ci si aspettava che chiedesse al suo omega di piegarsi. Non importava che Ray avesse cinque compagni né importava quello che gli era successo. Fisicamente, sarebbe stato in grado di riceverlo; quindi perché non chiederglielo? Senza contare che Gabriel si sentiva così in colpa per essere corso dietro a Ray, quando era stato rapito, lasciando i cuccioli indietro, che sembrava riuscire a stare nella sua stessa camera solo quando Ray si era appena svegliato da un incubo, tremante e così bisognoso d'aiuto, che per Alec risultava difficile andare in cucina a prendere un bicchiere d'acqua senza fermarsi a controllarlo.

«Non può far male,» rispose, passando oziosamente le dita lungo i bordi della scrivania. Era una buona scrivania, robusta e costosa, era stata in casa dei suoi genitori da quando ne aveva ricordo. Poteva essere una sorta di cimelio di famiglia, ma i suoi avevano comunque detto che poteva portarsela via quando gli aveva raccontato che aveva trovato un compagno e che avrebbero dato inizio a un nuovo branco. Ancora gli si stringeva lo stomaco nel ricordare la loro felicità palese ed evidente che lui stesse facendo ciò che un alpha doveva fare... però gli piaceva avere qualcosa di familiare nel suo nuovo territorio.

Gabriel era ancora lì in piedi, in silenzio e... stava aspettando qualcosa? Alec non riusciva a intuirlo, soprattutto senza guardare. Ma non poteva farlo. Era stupido, perché era già agitato, però sapeva che se Gabriel avesse visto la sua espressione, sarebbe stato in grado di capire quanto era turbato. E sarebbe stato normale mentre parlavano di ciò che era successo al loro compagno, ma qualcosa nel cervello di Alec insisteva nel dire che Gabriel avrebbe saputo che non era il dolore di Ray che gli aveva fatto martellare il cuore nella sua gabbia toracica. O la frustrazione di Gabriel. Era l'idea di lui che tornava al club dove si erano incontrati e rimorchiava qualcuno di nuovo. Delle mani sicure di Gabriel su dei fianchi maschili, e l'accenno di barba che grattava contro la pelle morbida della gola di qualcun altro.

Era assurdo. Il solo ricordo avrebbe dovuto riempirlo di vergogna. Eppure, per una volta, non era il passato a tormentarlo, ma il futuro.

Capitolo Due: Passato Lontano

A lec era troppo impegnato con l'università per visitare spesso i club, ma era quasi la luna piena e aveva bisogno di uscire dal suo appartamento. Lontano dai libri, dal portatile, e dai suoi coinquilini dannatamente ignari che andavano in giro senza maglietta, o anche meno, se finivano i vestiti puliti.

Era sembrato così ingiusto dover avere a che fare con il proprio corpo, oltre a tutto il resto. Non ne era mai stato troppo disturbato mentre cresceva; era sempre stato piccolo per la sua età, ma quello era stato un problema solo nella sua *mente*. E nella mente di tutti gli altri del suo branco, ovviamente: aveva un perfetto sistema immunitario da licantropo, la velocità e l'agilità... ma per la sua stazza e personalità, veniva preso in giro un sacco. Non era mai arrivato al punto da poter essere chiamato bullismo, anche se Alec pensava che perlopiù fosse perché a scuola tutti i lupi si guardavano le spalle a vicenda. Non importava che tipo di lupo Alec sarebbe diventato, rispetto a un umano lui faceva parte del branco e il branco aveva sempre la priorità.

E restare a casa, gli aveva reso più facile essere lasciato in pace. Aveva frequentato gli altri ragazzi del branco solo fino a quando aveva iniziato le medie, poi si era aggrappato ai compiti come motivo per rimanere a casa e stare lontano da loro. Sua madre l'aveva comunque costretto ad andare alle riunioni di famiglia e a occasionali cene con amici, suoi e di suo padre, e le piaceva fare finta che lui avesse dei rapporti con i loro figli. In realtà non era tanto male.

Si sentiva solo, però era meglio che avere paura di straparlare tutto il tempo. Quando era solo, non doveva chiedersi se dire o no delle cose, o se il suo silenzio era disturbante di per sé. Oppure se gli altri ragazzi potevano intuire che i suoi occhi vagavano verso di loro invece che sulle loro sorelle, quando andavano tutti al fiume.

I suoi genitori erano entrambi persone socievoli, affabili e continuavano a chiedergli di guardare film con loro, o condividere quello che aveva imparato a scuola, anche se tutto ciò che Alec riusciva a dire erano poche frasi sconnesse. Non che fosse a disagio con loro, più che altro si trovava a disagio con se stesso. Ammirava la facile sicurezza di suo padre e il disinvolto charme di sua madre, e tutti e due sembravano così completamente fuori dalla sua portata che i suoi miseri tentativi di imitarli erano una tortura.

Alec non gestiva bene il fallimento. Era intelligente, ma era quello il motivo principale che gli assicurava il successo accademico. Se non potevi sopportare di fallire, non saltavi la sessione extra di ripasso. Dopo un po', era diventato facile, aveva sviluppato sistemi e trucchi personali, e il suo cervello si era abituato a quell'allenamento. Non poteva smettere di studiare, la paura di fallire era troppo intensa, ma si concedeva di leggere volumi più approfonditi sugli argomenti invece di ripassare compulsivamente i suoi appunti e i libri di testo. Lo amava, sul serio. Ma più che altro ne aveva bisogno. Aveva bisogno di sapere che c'era qualcosa al mondo che poteva controllare, qualcosa in cui poteva riuscire sempre.

I suoi genitori non ne avevano mai discusso, però Alec era troppo sveglio per non capire che non nutrivano speranze che si sarebbe rivelato alpha. Non era sicuro se preferissero beta o omega. Non che omega fosse probabile. A lui andava bene rimanere un beta, se lo fosse stato non sarebbe stato costretto ad avere una compagna. Una donna. Non sarebbe stato costretto ad accoppiarsi con una femmina. Gli sarebbe piaciuto un uomo, certo, ma poteva a malapena forzarsi a parlare alle persone della sua età a cena, quando i suoi genitori lo trascinavano dai loro amici, per cui frequentare qualcuno era un miraggio.

E se fosse stato un omega... be', avrebbe spiegato perché gli piacevano i ragazzi. L'avrebbe reso okay; dopotutto, i maschi omega si accoppiavano con i maschi alpha. Nessuno ammetteva che andasse bene, ovviamente. I licantropi in generale seguivano fin troppo volentieri la cultura umana, inclusi i media e l'arte, nonostante molte delle cose che gli umani veneravano andassero del tutto contro la sopravvivenza dei branchi di lupi. Solo il modo in cui sfruttavano la terra... Se non altro essere attratti dai ragazzi era diventato più facile nel tempo, ma non era mai stato semplice. E da tutti i maschi ci si aspettava che volessero diventare degli alpha, anche se non c'era alcuna possibilità di diventarlo, e in quanto alpha di voler procreare, più di qualsiasi altra cosa. Nel caso di Omega maschi, se si presentava l'occasione, si faceva eccezione sia da parte degli Alpha che degli Omega stessi.

Eppure, i maschi omega erano troppo rari per essere più di un puntino su un radar... Dopo aver frequentato un paio di corsi di statistica e aver scoperto il numero di omega in alcuni altri branchi, Alec aveva deciso che le probabilità che lui lo fosse erano basse; basse tipo inferiori alla possibilità di vittoria alla lotteria. Ma poteva essere un beta. E poteva essere gay. Alcuni beta potevano avere figli, e altri no. Quindi, finché aiutavano il branco, a nessuno importava molto se rimanevano single.

E all'università, in una città piena di umani che non sapevano che lui era troppo basso e troppo esile per un lupo adulto, era quasi come essere normale. Solo umano, senza lupi in vista. Gli alpha e gli omega avevano difficoltà a controllare i propri istinti, ma a parte il bisogno di correre e cacciare durante la luna piena, i beta non ne erano davvero influenzati.

Nel mondo umano, Alec doveva ammettere di passarsela alla grande: nessuno avrebbe avuto la forza di pestarlo se ci avesse provato con la persona sbagliata in un club, e anche se passava più tempo in libreria che da qualsiasi altra parte, aveva comunque il tipo di fisico che mettevano sulle pubblicità. Odiava ballare con tutto se stesso, certo, anche se razionalmente sapeva che nessuno avrebbe riso di lui se avesse sbagliato i passi. Nei club gay non c'erano nemmeno dei passi oltre allo strusciarsi. Però non aveva bisogno di ballare, si metteva solo vestiti attillati, prendeva un drink e si appoggiava contro un muro finché lui notava qualcuno, o un tizio si avvicinava. Sarebbe stato un totale fallimento a rimorchiare le ragazze, però funzionava a meraviglia con i ragazzi, perché rendeva chiaro che era sia da solo che disponibile a scopare senza troppe storie.

Per la maggior parte del tempo, non avevano nemmeno bisogno di parlare. Erano abbastanza impegnati con le mani e le bocche e i gemiti. Non li portava nel suo appartamento, non a causa dei suoi coinquilini, ma perché il suo senso dell'olfatto comportava che li avrebbe fiutati in tutta la sua stanza per settimane, ma c'era molto che si poteva fare nel cubicolo di un bagno, o nell'angolo di una dark room. Nemmeno lui andava così spesso da loro, non voleva dover gestire convenevoli durante il tragitto. Si divertiva, e controllava bene i suoi istinti, davvero, tranne quando si avvicinava la luna piena, e quello non era più *abbastanza.*

Aveva pensato di andare a correre al parco invece, di dare al suo lupo libero sfogo. Ma la luna piena sarebbe stata tra due giorni e non si fidava del suo lupo. Non si fidava nemmeno di se stesso, non nelle vicinanze di un corpo umano e vulnerabile, ma se avesse fatto in fretta...

Alec entrò in un club che conosceva piuttosto bene e scoprì, nel giro di pochi secondi, che qualcosa era completamente cambiato. Nessun altro l'avrebbe notato, ovviamente, ma la scia di un lupo aleggiava pesante e intensa nell'intero locale. Un alpha, il che forse spiegava perché avesse avvertito il bisogno di seguire il perimetro della stanza. Alec rimase impalato, troppo sorpreso per il modo in cui le sue due vite si erano scontrate, per fare qualsiasi cosa, finché una mano decisa non si chiuse sul suo avambraccio. Voltò il capo subito e incrociò occhi azzurri come il ghiaccio. Il club era così assordante e movimentato che non aveva sentito avvicinarsi nessuno.

L'alpha era ancora nella sala, e non era felice di vederlo.

«Vieni con me,» gli disse il tizio, ed era sembrata una compulsione. Alec lo seguì fuori stordito.

Non gli era venuto in mente che poteva essere pericoloso andare da qualche parte con *quello* sconosciuto finché non furono fuori e vide la faccia dell'uomo. I suoi occhi erano perfino più blu sotto le luci notturne e i capelli biondi in alcune ciocche brillavano sul serio come l'oro.

«Oh, sei tu.» Si pentì di quelle parole non appena vide la confusione sul volto dell'alpha.

«Ci conosciamo?»

Alec alzò le spalle e l'alpha gli lasciò il braccio. Non avrebbe dovuto essere un sollievo, non era che non potesse sentire quanto veloce stava andando il cuore di Alec. O come se Alec avrebbe potuto seminare un alpha così tanto più grosso di lui. «Non sul serio, ma ti ho visto nei dintorni del territorio di Havant.»

«Sei del branco,» commentò l'alpha, suonando scioccato. Poi inalò, accigliandosi quando gli arrivò una zaffata della scia di Alec. «Da quanto non torni?»

Alec strinse le spalle. «Sto studiando medicina, è un casino.»

E poi la mano tornò, questa volta sulla pelle nuda del suo polso. Sussultò, sia per la sensazione di pelle contro pelle che per la sorpresa. L'alpha scottava, e quando Alec incrociò i suoi occhi, l'altro sorrise. «Un casino da luna piena, intendi. Sei bollente.»

Alec lo fissò. «Mi dispiace se...»

«Oh, non farlo,» disse lo sconosciuto, tirandolo più vicino di un passo con facilità. Era già vicino prima, ma ora le scarpe del tizio toccavano le sue. Rabbrividì. «Come ti chiami?»

«Alec.»

«Gabriel Gosden.» Il sorriso dell'alpha era affilato. Godsen, come il Primo Alpha del branco. Alec aveva riconosciuto il suo viso, era asociale, non cieco, ma non credeva di stare parlando con un membro della cerchia ristretta del suo stesso branco.

«Oh, come...»

«Mio zio,» finì Gabriel, poi abbassò lo sguardo dove il suo pollice stava disegnando cerchi nell'interno del polso di Alec. Sentiva il suo intero corpo accaldato e sovra-stimolato, come se fosse stato sotto le mani dell'alpha da ore, non minuti.

Aveva pensato che l'alpha fosse arrabbiato con lui per essere entrato in un club che considerava suo. Ma Gabriel non aveva pattugliato il perimetro per divertimento o paranoia, aveva notato la scia di *Alec* e aveva voluto rimpiazzarla con la propria. Forse non era stato in grado di capire che Alec era solo un beta, non se ignorava che provenivano dallo stesso branco.

E ora che l'aveva scoperto... Gabriel era un alpha in un club gay per umani, vicino alla luna piena. Se era pericoloso essere lì per Alec, per un alpha... «Vuoi correre?» chiese con il suo tono più fermo. Il suo corpo non lo tradì. O comunque non oltre il rossore che poteva sentire sulle guance.

Le labbra di Gabriel si dischiusero e tutto ciò che Alec poté fare fu trattenersi dal ritrarsi per via dell'incredulità sul suo viso. Però in effetti abbassò lo sguardo, cercando di risparmiarsi un po' di umiliazione, e Gabriel approfittò di quella distrazione per tirarlo perfino più a sé. E poi stava facendo scivolare l'altra mano su per il collo di Alec, avvolgendo le dita nei suoi capelli e costringendo in alto il suo viso per coinvolgerlo in un bacio.

La bocca di Gabriel era bollente come il resto di lui, e non ci andò piano, come Alec doveva fare con gli umani. Spinse semplicemente la lingua nella sua bocca finché Alec la aprì e iniziò a succhiargliela. Aveva un buon sapore, di birra e qualcosa di più dolce, e la giacca di pelle era morbida sotto le sue mani, anche se aveva paura di strapparla con gli artigli. Gabriel gli morse le labbra, abbastanza piano da non spillare sangue, e fece aderire i loro petti. L'uccello duro premeva contro il ventre di Alec, un ginocchio piegato contro la sua erezione.

Era consapevole di cosa stava accadendo, ma era come se non si potesse persuadere a *crederci*.

Perché ci aveva fantasticato. Aveva desiderato un altro lupo sotto di lui, e gli era sempre apparso così del tutto impossibile... Spinse forte Gabriel contro un muro, solo perché poteva. Perché non gli avrebbe fatto male, perché sarebbe stato *vero*. La schiena di Gabriel si scontrò rumorosa contro un lato del vicolo, come se essa stessa fosse fatta di pietra, e l'alpha emise un basso ringhio di gola. Il battito di Alec aumentò allarmato. Ovvio che un beta non poteva spingere un *alpha*. Ma non ebbe il tempo di spaventarsi davvero, perché tutto ciò che fece l'altro uomo fu affondare le unghie nei suoi vestiti e ribaltare le loro posizioni, schiacciando lui contro il muro. Fece un po' male, ma turbò Alec ancora di più, perché venire inchiodato così gli provocò un fiotto d'eccitazione, come un fuoco che si propagava d'estate in una foresta secca. Gemette, confuso e così duro da far male.

«Attento,» lo avvertì Gabriel, ma non fu così impressionante quando subito tornò a baciarlo. La rabbia con cui lo costrinse ad aprire la bocca per lui gli stava facendo pulsare troppo il cazzo perché alla sua mente importasse. Se fosse stato davvero offeso, non sarebbe rimasto, dopotutto. «Dio, ne ho bisogno,» mormorò, mordicchiando la gola di Alec.

Nessuno avrebbe assolutamente dovuto toccarlo lì e Gabriel non gliel'aveva neanche *chiesto*, eppure Alec lasciò che la sua testa si spostasse di lato per fargli spazio. Quasi come per premiarlo, la mano di Gabriel si infilò giù tra i loro corpi e abbassò le loro lampo. Gemettero entrambi di sollievo, e Gabriel sbuffò, come se pensasse che fosse troppo simile a un porno. Ma ad Alec non importò, non quando la mano di Gabriel si spinse nelle sue mutande, grande e forte, serrandosi attorno al suo uccello, e glielo tirò fuori. Lui mugolò e cercò di aiutarlo, però Gabriel gli allontanò la mano con il gomito.

«Resta semplicemente fermo,» disse. E Alec lo fece.

E fu un bene. Trenta secondi più tardi, Gabriel aveva stretto i loro uccelli insieme e li stava masturbando piano, perché non c'era abbastanza lubrificante ed era quasi doloroso. Ma anche *così piacevole*, così assolutamente *reale*. Per nulla simile a quando lo faceva da solo, e nemmeno con un umano. Loro erano sempre così fottutamente cauti con il suo cazzo, forse perché non avrebbero potuto sopportare quel tipo di calore, quel tipo di pressione, quel tipo di...

Non potevano reggere quello che Alec voleva. Ciò di cui aveva bisogno.

Ma non doveva dire a Gabriel che non si sarebbe spezzato. Gabriel *sapeva* e basta. Gemette dal profondo della gola, incapace di contenersi, e si aggrappò alle braccia muscolose dell'altro mentre l'alpha continuava ad accarezzarli, i loro fianchi così vicini che probabilmente sarebbero venuti ovunque sui propri vestiti.

E poi Gabriel gli prese la mano, portandola tra i loro corpi e gliela fece chiudere sulle punte. «Adesso,» ringhiò, e fu come se avesse avuto una linea diretta all'uccello di Alec, perché quello bastò per spingerlo a raggiungere l'orgasmo, esplodendo come un vulcano, i muscoli che si bloccavano per l'ondata di piacere. Gabriel strinse la presa su entrambi, spalmando il seme di Alec su entrambe le loro erezioni e gemendo per quella scivolosità aggiuntiva, finché Alec non fu sul punto di pregarlo di smettere. Successivamente affondò il viso nel collo di Alec e iniziò a venire lui stesso, quasi collassando tremante tra le sue braccia.

Rimasero lì in piedi, ansimando, mentre la loro pelle si raffreddava e i battiti cardiaci rallentavano. Se non fosse stato intrappolato contro il muro dal corpo di Gabriel, probabilmente Alec avrebbe tentato di sgusciare via, o almeno di ripulirsi; però non riuscì a costringersi a spingere via l'altro per quelle questioni pratiche. Non aveva mai fatto del sesso così prima, anche se si erano solo masturbati, e si stava rendendo conto che probabilmente non avrebbe avuto un'altra opportunità.

Finalmente, Gabriel si raddrizzò. Alec abbassò lo sguardo tra loro per valutare lo stato dei loro vestiti e scoprì che l'altro stava ancora tenendo la mano incurvata sui loro glandi. Era come se il suo corpo fosse stato troppo sopraffatto per registrare l'appiccicume, ma aveva catturato un bel po' del loro seme. Per il resto, Gabriel doveva aver mirato di lato; c'era una macchia ai loro piedi.

«Huh, sei sicuro di essere un beta?» lo aveva stuzzicato l'alpha. Gli Alpha producevano considerevolmente più seme, ma ad Alec non era venuto in mente che Gabriel forse avesse ragione, nonostante tutte le prove. A ripensarci, non era sicuro se fossero state le persone a inculcargli in testa che non poteva essere un alpha, o se semplicemente non aveva mai voluto che fosse vero.

Alec fece una smorfia e scrollò la mano di fianco, poi si voltò per pulire ciò che era rimasto contro il muro. Però Gabriel gli afferrò di nuovo con facilità il polso e tirò la mano verso di sé. Incrociò gli occhi di Alec mentre leccava il loro seme mischiato dalle sue dita, come se fosse una delizia. Alec lo osservò deglutire con l'attenzione che avrebbe riservato a qualcuno che stava operando il suo stesso cuore, e Gabriel lo fece di nuovo. Gli pulì lentamente la mano, sembrando totalmente e assolutamente contento di star mandando giù il loro sperma.

«Ora andiamo a correre,» decretò Gabriel, lasciandolo andare. «Sono piuttosto sicuro che non divorerò alcun cucciolo smarrito.»

Quindi avevano corso, e dopo che avevano scopato dove solo gli scoiattoli potevano vederli, facendo un sessantanove, avevano optato per una completa colazione all'inglese in un caffè che serviva operai e che era aperta dalle sei del mattino. Non avevano davvero parlato: Gabriel l'aveva guidato e gli aveva detto cosa fare e Alec era stato felice di stare zitto. Più che soddisfatto di qualsiasi attenzione Gabriel fosse disposto a offrirgli.

«Dovrò andare al lavoro oggi pomeriggio,» spiegò Gabriel.

«Il giorno prima della luna piena?» chiese Alec. Quando si avvicinava la luna piena, tutti i bisogni dei licantropi aumentavano esponenzialmente, rendendoli irritabili e impazienti. Non era un buon momento per stare tra gli umani, e cercavano tutti di prendere giorni di ferie, se potevano. Aveva dato per scontato che Gabriel fosse in città perché era stato fortunato, accaparrandosene due appena prima della luna piena. Forse ciò spiegava cosa ci facesse in un club per umani quando era fomentato dalla luna; doveva avere un incredibile autocontrollo.

«Mi piace tenermi impegnato.» Gabriel alzò le spalle, poi tirò fuori il cellulare, un modello piuttosto base con una cover protettiva in silicone. «Qual è il tuo numero?»

Alec esitò, perlopiù per lo shock. Si era ripetuto di godersi il momento perché non sarebbe più stato altrettanto fortunato, ma Gabriel si accigliò per la prima volta. Chiaramente non gli piaceva venire contraddetto. «Sei davvero così impegnato con l'università o per te è davvero facile rimorchiare umani?»

«No!» rispose Alec di getto, anche se non aveva molto senso come risposta. «Voglio dire, sì, sono occupato. Tu...» Frugò in cerca del proprio cellulare e si concentrò sul selezionare il proprio contatto prima di passarlo all'altro.

Gabriel aveva inserito il numero senza chiedere nient'altro, ma non era quello che lo aveva davvero sorpreso. Lo capiva: Gabriel pensava di chiamarlo per scopare perché era più conveniente rispetto a degli umani che non avrebbero capito che era eccitato per via della luna. Non avrebbe dovuto fare attenzione con lui, aveva senso... Ma un momento dopo ridiede ad Alec il cellulare e lì c'era già un messaggio. Una faccina sorridente da un numero sconosciuto. Andava così in contrasto con il comportamento e l'aspetto di Gabriel che Alec non poté impedirsi di sbuffare.

Quando alzò lo sguardo, l'alpha stava sorridendo dolcemente. Compiaciuto. Però, dopo aver passato solamente mezza giornata con lui, Alec pensò che fosse solo il modo in cui la sua bocca si incurvava naturalmente. «Be', vado. Ottima accoglienza! Lo farò sapere alla gente a casa!»

Alec non era stato in grado di contenere la sua espressione orripilata e Gabriel non aveva potuto impedirsi di ridere di lui. Ma non si era davvero preoccupato che, mentre dava una pacca alla spalla di Alec e se ne andava a fare qualsiasi cosa facesse per vivere, Gabriel avrebbe raccontato qualcosa a qualcuno. Avevano in mano la reputazione l'uno dell'altro, non poteva esserci segreto meglio custodito.

QUANDO ALEC FU DI NUOVO solo, ovviamente la cosa cambiò. All'inizio esitò a salvare il numero, poi ebbe dubbi su come salvarlo: se qualcuno avesse chiesto come conosceva Gabriel Gosden, non sarebbe stato in grado di inventare roba credibile. E poi, dopo aver semplicemente optato per il suo nome, dovette controllare di non avere altri Gabriel tra i propri contatti con cui avrebbe potuto confonderlo. Aggiunse la G come iniziale del cognome e solo dopo tornò di corsa al suo appartamento, odorando di sesso, pancetta, foglie schiacciate e alpha, e cercando di ricordare dai suoi studi di anatomia umana quanto fossero sensibili i loro nasi e se i suoi coinquilini sarebbero stati in grado di capire.

Capitolo Tre: Passato Recente

Alec suppose che Gabriel sarebbe tornato a ignorarlo con nonchalance, a parte per le inevitabili conversazioni tra due persone che condividevano lo spazio vitale. Ma ovviamente Gabriel non si arrese. Non era nella sua natura e Alec aveva commesso l'errore di non offrirgli nessuna alternativa fattibile. Gabriel aveva bisogno di aiutare Ray e con Josh che copriva le basi di supporto emotivo, e Iesu e Sergi considerevolmente più adatti a farsi avanti in sua assenza, tutto ciò che gli era rimasto erano le questioni pratiche e misurabili. La specialità di Alec.

Si sedette vicino ad Alec sul divano, invece di andare in cucina come faceva di solito dopo il lavoro. Stringeva Jamie tra le braccia, che fino a quel momento era stato in camera da letto a riposare. Non era di sicuro la prima volta che lo teneva, e nemmeno la ventesima; tutti loro condividevano i doveri di babysitter. Però era la prima volta che Alec lo vedeva effettivamente stringere suo figlio e non importava che sapesse che era stupido e assurdo... Lo inteneriva vedere il modo attento con cui Gabriel passava le dita tra i capelli chiari di Jamie.

«Lo vuoi tenere?» offrì Gabriel.

Alec scosse la testa prima di realizzare che non avrebbe saputo dare una giustificazione per la propria reazione.

Però Gabriel non chiese nulla, guardò solo i cartoni in onda. Maria e Clara li stavano guardando, Sasha era occupata con il suo coniglio di pezza e Michael era più interessato ad annusare il tappeto in forma di cucciolo. Quando Gabriel gettò di nuovo un'occhiata ad Alec, disse disinvolto: «Esiste un modo per scoprire più cose?»

Alec non gli domandò di che stesse parlando, certo di saperlo. Si prese un momento per trovare le parole. «Se chiedessimo ad altri maschi omega...»

Sapeva che era impossibile, ma Gabriel aveva chiesto. Emise un verso di stizza a quella risposta e iniziò a far sussultare il ginocchio sotto Jamie, facendolo strillare dalle risate. Lo sguardo di Alec scivolò inesorabilmente su suo figlio, perdutamente attirato dalla sua gioia.

Gabriel incrociò i suoi occhi e sorrise. «È enorme,» scherzò.

Jamie era ancora più pesante di Michael, che pesava poco più delle sue sorelle ma non era visibilmente più grosso. Alec non riusciva a capire come lui, tra tutti gli alpha, avesse prodotto quel gigantesco fagottino di gioia che era suo figlio. Ma ovviamente non capiva nemmeno l'estroversione di Jamie. Sperava significasse che Jamie non si sarebbe mai sentito intrappolato nella propria testa come accadeva a lui.

«Davvero,» concordò.

Gabriel scosse la testa, come per scrollarsi di dosso il buonumore. «C'è un maschio omega nel nostro vecchio branco,» disse. «Conosco il suo alpha. Be', perlopiù conosco la loro figlia, è mia cugina di secondo grado.»

«E pensi che gli permetterà di parlarci?»

«Dobbiamo provare, no?» Gabriel alzò le spalle. «In più, penso di poterlo convincere con il fatto che stiamo portando il branco verso il futuro. Erano tutti interessati a vedere i risultati dei tuoi studi.»

«I miei cosa?»

«Con i piccoli?» suggerì Gabriel. Poi quando lo sguardo di Alec continuò a essere vacuo, aggiunse: «Tutti quei grafici che stai sempre a sistemare?»

«Gliel'hai detto?» chiese Alec, suonando un po' turbato. Non era arrabbiato, solo sconvolto.

«Be', sì, era un segreto? Ho pensato che avresti voluto allargare comunque il campione dai nostri cinque, prima o poi.»

«Be'...» Si umettò le labbra. «Sì, ma non ho...»

Gabriel scosse piano il capo. «Sono interessati,» dichiarò con scioltezza. «Mia cugina Adele ti lascerebbe di sicuro pesare i suoi figli. Ha avuto tre gemelli, quindi farebbe praticamente qualsiasi cosa per chiunque fosse disposto a tenerli, ma anche lei è un'infermiera, quindi...»

«Okay,» rispose Alec, grattandosi i jeans per evitare di mostrare sia il proprio nervosismo sia la propria soddisfazione. Gabriel probabilmente poteva intuirlo comunque, ma vabbè.

Sasha lo tirò per la manica, chiedendo di essere presa in braccio, e Alec lo fece.

La tenne vicina, lasciandola giocare con i suoi capelli e accarezzandola sulla schiena con piccoli cerchi; quel movimento era probabilmente più tranquillizzante per lui che per lei.

«Ho bisogno che tu venga a dare spiegazioni,» disse Gabriel. Avvertendolo.

«Sì,» accettò Alec. «Voglio dire, certo.»

«Bene,» replicò Gabriel, compiaciuto, e Alec lo sbirciò, incapace di resistere al tono di approvazione nella sua voce. E forse fu pessimo a nasconderlo dal proprio viso come temeva segretamente, perché lo sguardo di Gabriel si fece in qualche modo più attento. Se entrambi non avessero avuto dei bambini in braccio, si sarebbe quasi aspettato che l'altro si allungasse verso di lui. Era sicuro che le future parole che sarebbero uscite dalla bocca di Gabriel sarebbero state... «Chiamerò Adele allora, organizzerò la cosa. Possiamo andare a trovarle e ti presenterò e poi potrò passare da suo padre e dare inizio a tutto.»

Alec annuì, con la bocca secca, e distolse lo sguardo, sentendosi stupido.

ALEC NON CONOSCEVA Josh così bene. In un branco grande come quello in cui erano nati, non era così strano che due ragazzi con cinque anni di differenza non avessero passato del tempo insieme. Ma Alec non mentiva a se stesso: lui non conosceva nessuno molto bene, nemmeno i suoi genitori, che non capivano per niente la preferenza a nascondersi in camera con i libri del loro timido figlio invece di accompagnarli a feste e barbecue.

Però, convivevano nella stessa casa da un anno ormai e condividevano un compagno. Erano un branco. E quello che Alec aveva bisogno di chiedergli riguardava quel branco, quindi a Josh non sarebbe dispiaciuto. Bussò alla sua porta, assicurandosi di non farlo troppo piano rischiando così di non farsi sentire se Josh stava ascoltando musica o cose del genere.

Non ci fu risposta e Alec bussò di nuovo, promettendosi che avrebbe potuto provarci dopo se non avesse concluso niente. Un momento più tardi, udì qualcosa cadere dentro la stanza. Ebbe appena il tempo di fare un passo indietro prima che la porta si aprisse, per rivelare un Josh arruffato che sbatteva le palpebre. «Stavi dormendo?» domandò, facendo una smorfia quando realizzò quanto fosse stupida quella domanda.

Josh alzò le spalle, scuotendo la testa come per disperdere le ultime tracce del suo pisolino. «Mmm... sì, tutto bene?»

Doveva essere in grado di sentire il cuore galoppante di Alec. «Mi dispiace,» rispose subito quest'ultimo. «Non ho... i tuoi orari...»

Josh agitò noncurante una mano, poi indietreggiò e gli fece segno di entrare. «Nah, ero solo stanco. Non dovevo dormire, ma quando sono andato a svegliare i bambini dalla nanna, Ray stava giocando con loro, quindi...»

Alec lo seguì all'interno, quasi troppo veloce, ma non poteva perdere l'opportunità. «Ray,» ripeté. «Lui sta...?»

L'altro alpha s'irrigidì all'improvviso, gettando uno sguardo alla porta prima di oltrepassare Alec per chiuderla. Non si voltò di nuovo. «Ray è... è forte. Ma ha bisogno di tempo.»

Alec deglutì, incerto. «Solo di tempo? C'è qualcosa che...»

«No,» rispose deciso Josh. Finalmente si voltò a fronteggiarlo. «Credimi, se ci fosse *qualsiasi cosa*... Voglio dire, niente oltre quello che stai già facendo.»

«E cosa sto facendo?»

«Lasciarlo in pace. Non...» Josh fece una pausa, chiaramente a disagio. «Non può. Adesso. Cioè, sai cos'è successo, quindi quello che state facendo tutti è fantastico.»

«Josh...» disse piano Alec. «Noi non... Non ci stiamo provando. Ho parlato con Gabriel: quello che è successo ci ha influenzato. Non dobbiamo trattenerci; è solo che non abbiamo più bisogno di lui.»

Le pulsazioni di Josh s'impennarono di colpo, e inarcò un sopracciglio per la confusione. «Davvero?»

Alec scosse la testa. «Be', i lupi non ne hanno bisogno. Noi... Voglio dire, Ray è...» Si interruppe. Ray era il suo compagno e non c'era niente di male ad ammettere che era bellissimo. Però stavano avendo quella conversazione perché qualcuno aveva deciso che l'avvenenza di Ray era più importante della sua identità. «Potremmo,» finì goffo. «Ma non dobbiamo.»

Si arrischiò a sbirciare Josh, le cui spalle si erano un po' rilassate. «Quindi non succederà. Nessuno lo...»

«Non finché sarà così,» Alec sentì la necessità di puntualizzare.

«Be', i lupi probabilmente sanno che è ferito,» disse subito Josh. «E se ora lo sanno, non è che se ne dimenticheranno più tardi, giusto?»

Quella era la vera domanda. Oltretutto, voleva che lui lo confermasse come se fosse un fatto medico. Ma non poteva farlo. «Non lo so,» disse, e si costrinse a guardare il volto di Josh intristirsi, facendo eco al suo stesso dolore. «Però intendo scoprirlo,» aggiunse, con una veemenza che non aveva saputo di possedere.

Era la verità, ma ciò non la rendeva reale; quello stava a lui.

Capitolo Quattro: Passato Lontano

Dopo qualche giorno, Alec si convinse che Gabriel aveva solo cercato di essere gentile e che non lo avrebbe chiamato di nuovo. Non che a lui sarebbe dovuto importare. Era quasi sopraffatto dal lavoro, tanto quanto poteva fisicamente sopportare, e iniziava a rimpiangere che le pillole alla caffeina che i suoi compagni di classe consumavano come caramelle, non avessero veramente avuto effetto su di lui, al diavolo gli effetti collaterali.

Andava bene, era occupato e non ripensava sul serio a Gabriel. Be', non era del tutto vero perché anche quando era esausto, aveva comunque ventiquattro anni ed era sempre eccitato, e Gabriel... Ecco, Gabriel lo aveva spinto contro il muro e fatto uscire di testa con la sua bocca, quella notte. Era un ricordo difficile da superare.

Ma a parte quello, non pensava a lui. E aveva continuato a non pensarci mentre faceva un esame dopo l'altro e cercava di ricordarsi di mangiare regolarmente.

Però quando aveva finito gli esami aveva avuto così tanto sonno arretrato ed era stato così euforico che aveva deciso, perché diavolo no? Aveva mandato un messaggio, non chiamato, il che era una sorta di benedizione perché poteva essere stato un po' ubriaco di quel tipo di miscela speciale che aveva trafugato da casa dei suoi l'ultima volta che era andato a trovarli per un ritrovo obbligatorio del branco. In ogni caso, era riuscito a comunicargli il suo desiderio di succhiargli l'anima appena l'altro fosse stato libero.

Si era svegliato confuso e disorientato intorno alle due del mattino per scoprire di avere una risposta.

Gabriel G: *Venerdì.*

Controllò il cellulare per scoprire che giorno fosse, tutto ciò di cui gli era importato nell'ultimo mese erano le *date*, e scoprì che era mercoledì. Quindi due giorni, o quarantotto ore, anche se Gabriel non gli aveva dato un orario. Eppure, Alec sapeva che lavorava e la maggior parte degli impieghi finiva alle sei, quindi... Tornò ad affondare il viso tra le lenzuola, poi voltò la faccia per via dell'odore. Non aveva avuto tempo di fare il bucato da un po'... e poi realizzò che probabilmente avrebbe avuto bisogno di almeno un paio di giorni per lavare il suo intero guardaroba e la biancheria del letto e lasciarli asciugare. Si alzò in piedi.

Non lo stava facendo per Gabriel, era solo buona educazione di base quando avevi un ospite con sensi sovraumani.

PER UN MOMENTO, TUTTO ciò che Alec fu in grado di fare fu fissarlo. Per nessun'altra ragione che poteva intuire, oltre che tutti i licantropi avevano un'alta temperatura, Gabriel indossava solo una maglietta aderente, bianca e consumata. Lasciava scoperte le braccia abbronzate e mostrava il profilo del suo petto così bene che Alec avrebbe potuto disegnarlo.

«Non mi inviti a entrare?» Il sopracciglio di Gabriel era inarcato di aperto scetticismo, ma Alec non si perse la piega dolce delle sue labbra. Lo stava stuzzicando.

«Sì, grazie per essere venuto,» disse, tornando cortese.

Gabriel rise, entrando. «Difficilmente avrei rinunciato, con un'offerta *come quella*.»

Alec avvertì il proprio viso scaldarsi, il che lo mise ancora più a disagio, perché sapeva che faceva sembrare i suoi capelli più tendenti al rosso che al castano sbiadito, colore che preferiva immaginare di avere. Dovette aver suscitato qualcosa nella natura dominante di Gabriel vederlo così, perché si avvicinò e gli afferrò il volto con il suo palmo freddo. A quel contrasto si sentì attraversare da un brivido e deglutì. All'improvviso, stava respirando velocemente, o forse se ne stava solo rendendo conto in quel momento. Gabriel gli stava fissando la bocca, strofinando un pollice sulle sue labbra. «Stavo proprio pensando di chiamarti, data la luna piena in arrivo.»

Fu come una secchiata d'acqua fredda, ma Gabriel si stava già chinando, coinvolgendolo in un bacio profondo e umido, succhiandogli la lingua di gusto. Anche Alec chiuse gli occhi, cercando di lasciarsi andare. Una parte di lui aveva creduto che l'alpha fosse venuto per *lui*, ma quella parte era idiota. E la parte intelligente sapeva che Gabriel aveva ragione: la luna piena l'avrebbe fatto arrapare più di ogni altra cosa, quindi perché non togliersi il prurito quando poteva? Si aggrappò ai bicipiti nudi di Gabriel mentre l'altro lo baciava come se non ci fosse un domani.

«Che cazzo...»

Alzarono entrambi lo sguardo verso quell'esclamazione soffocata. Era Nathan, con gli occhi blu sgranati che passavano da Alec a Gabriel. Alec cercò di fare un passo indietro, ma le braccia di Gabriel attorno alla sua vita erano solide come acciaio. Alla fine riuscì a recuperare tanto da mormorare che stavano per andare nella sua camera, e Gabriel fu abbastanza generoso da permettergli la libertà di movimento sufficiente per poterlo fare. Nathan esitò, poi si voltò e proseguì per la sua strada.

Lui non aveva detto ai suoi coinquilini di essere gay. Avrebbe potuto, lo realizzava ora. L'università di Durham aveva un club gay, aveva visto i poster, e andava piuttosto bene per le persone della sua età. Ma in qualche modo non gli era venuto in mente, non si era mai sentito a proprio agio in casa.

«Forza, su col morale,» gli disse Gabriel, spingendolo sul letto appena rifatto. Si guardò intorno finché non vide il comodino. «Lubrificante?» Il cuore di Alec sussultò così forte che spinse Gabriel a fissarlo. Sbuffò. «Non preoccuparti, non saranno necessari preservativi.»

Non dissero molto, dato che non potevano prendersi delle malattie veneree, non importava che tipo di sesso non protetto avrebbero fatto, e Alec non l'avrebbe fermato per chiedergli di spiegarsi meglio. Non lo conosceva davvero, ma sapeva che il sesso con lui era ottimo. Doveva essere abbastanza, anche se il suo cervello non avrebbe smesso di produrre domande e dubbi se Alec avesse ceduto e avesse domandato.

Gabriel trovò facilmente il lubrificante e lo lasciò cadere di fianco a loro sul letto, prima di tornare a baciarlo. Questa volta andò più piano, ma aumentò presto la velocità, finché Alec non poté fare altro che aggrapparsi ai suoi capelli mentre l'altro gli divorava la bocca, i gemiti inghiottiti come se fossero manna dal cielo, ogni sussulto di fianchi corrisposto con sciolta e poderosa grazia.

Gabriel sapeva ciò che faceva. Appoggiò una mano sul petto di Alec per costringerlo a stare giù mentre si sedeva sulle sue cosce così da potersi togliere la maglietta. Dopo, non dovette disturbarsi a continuare, Alec riusciva a malapena a non rimanere a bocca aperta mentre osservava i capezzoli turgidi sul suo petto scolpito.

«I vestiti,» ordinò Gabriel, e si chinò a mordergli l'orecchio, prima di rotolare giù dal letto e gemere. «Dannate scarpe da lavoro...»

Alla fine, Alec si era svegliato tanto da spogliarsi, era riuscito a fare in fretta solo perché non aveva le scarpe addosso. Si voltò, ma intravide solo uno scorcio del corpo nudo di Gabriel, prima di venire spinto di nuovo giù sulla schiena. Il peso di Gabriel lo premette contro le lenzuola. Erano nudi e Gabriel era bollente come nessun altro che avesse mai toccato prima. Tutti i licantropi avevano alte temperature corporee per gli standard umani, e aumentavano perfino di più durante la luna piena, quando il loro metabolismo si velocizzava per sopportare l'esercizio stremante della caccia, e una piccola parte della mente di Alec si stava ancora chiedendo se gli alpha fossero ancora più caldi.

Inclinò la testa all'indietro e succhiò la lingua di Gabriel mentre si struggevano l'uno contro l'altro, gli uccelli che non ottenevano la frizione necessaria tra i loro ventri e i fianchi, ma era comunque così vicino alla perfezione... E poi Gabriel aveva girato il viso, ansimando un po', e si era proteso a tentoni. Aveva controllato lo sguardo di Alec prima di farsi indietro e rovesciare il flacone sul suo inguine. Lui aveva sussultato per il freddo e Gabriel aveva mollato la bottiglietta e gli aveva strofinato un fianco in segno di scusa, ma in verità, quando Gabriel aveva piazzato la mano sul liquido e gli aveva accarezzato il cazzo, tutto era tornato fin troppo bollente.

Gabriel si chinò su di lui, reggendosi con un braccio solo mentre li spostava a suo piacimento. Alec si aspettò che allineasse le loro erezioni, così da poterle strusciare mentre si baciavano, ma Gabriel aveva qualcos'altro in mente: gli aprì le gambe e guidò il proprio uccello tra le sue cosce, poi gliele chiuse di nuovo. Era duro come l'acciaio contro la sua pelle morbida, e si era anche lubrificato. Gabriel rabbrividì, appoggiando appena in tempo l'altra mano per non collassare sopra Alec mentre spingeva in quel punto sensibile tra le sue cosce. Alec gemette quando la punta setosa e bagnata gli colpì le palle.

Gabriel gli leccò il lobo dell'orecchio, succhiandolo piano. «Ti piace?» Diede un'altra spinta, come se Alec dovesse essere convinto, e tutto ciò che poté fare fu afferrarlo per la vita e premere le cosce contro la dura lunghezza dell'uccello di Gabriel e spingere di rimando. La sensazione del cazzo di Gabriel che premeva oltre la barriera delle sue gambe lo attraversò in fretta come un colpo in testa, facendogli serrare gli occhi mentre continuava a tremare.

L'alpha mugolò sopra di lui e spinse più forte in quello spazio caldo del suo corpo e, semplicemente così, trovarono un ritmo. Era facile, considerando che Alec non aveva mai fatto sesso con un suo simile ed era solo stato sopra con gli umani. Le labbra di Gabriel trovarono di nuovo le sue, più incontrollate, con più denti e più saliva, e Alec aprì la bocca e gli lasciò prendere ciò che voleva. Quando le spinte di Gabriel diventarono più forti, smise di spingere i fianchi verso l'alto e si concentrò solamente nel tenere strette le gambe, lasciando che l'alpha controllasse il ritmo della loro scopata.

Perché lo sembrava. Era come venire scopato.

Gabriel venne ovunque sulle sue palle, bollente e con l'eccessiva quantità di seme che gli alpha producevano sempre. Fu troppo per Alec, tutto quel liquido sulle sue palle e sul suo buco, e il peso di Gabriel mentre collassava su di lui, intrappolando il suo uccello tra i loro ventri... Venne anche lui, facendosi un casino addosso e fregandosene del tutto.

Durò un intero minuto, poi la sensazione di essere ricoperto di sperma smise di essere eccitante e divenne solo appiccicosa. Gabriel lo percepì in qualche modo, perché Alec non dovette chiedergli di rotolare di fianco.

SI ERA SVEGLIATO PER il gran caldo. Cosa non sorprendente, dato che Gabriel era perlopiù sdraiato addosso a lui, ancora profondamente addormentato. Non erano mai riusciti a infilarsi sotto il piumino. Probabilmente avrebbe dovuto lavarlo di nuovo se Alec non voleva che puzzasse di sperma perfino per i suoi coinquilini. Gemette, ricordandosi la reazione di Nathan. Non era nemmeno sicuro che fosse stata negativa, ma aveva sconvolto il suo coinquilino di solito tranquillo. Si era fatto notare.

Alec viveva meglio nell'ombra, se nessuno lo guardava riusciva perfino a essere una persona piuttosto funzionale. Poteva finire i compiti in tempo e bene, cucinare un pasto decente, ed evitare che la sua camera diventasse un porcile.

Nathan era così pessimo nell'ultima cosa che lui lo aveva quasi cacciato di casa perché l'odore era diventato così orribile da spingerlo a ignorare la politica di non far caso alle altre persone, e se n'era lamentato con gli altri.

Ma Nathan aveva una ragazza, e un sacco di amici che venivano per giocare ai videogiochi. E negli ultimi sei mesi Alec aveva parlato solo con le persone con cui viveva o con cui doveva lavorare a un progetto.

Si agitò sotto Gabriel nonostante i brontolii dell'alpha e rotolò giù dal letto. Il sesso era stato... Be', il sesso era stato anche meglio della prima volta. In qualche modo, Gabriel si era ricordato dei suoi punti deboli e aveva palesemente apprezzato tenerlo giù. Non era... non doveva considerarsi un dramma. Alec non aveva bisogno di elencare tutte le cose che gli uomini "avrebbero dovuto" desiderare. A lui piaceva il cazzo, non c'era molto che poteva fare per peggiorare le cose, o forse era solo che Gabriel era un alpha e gli sembrava naturale lasciarlo stare al comando, ma gli andava bene.

Il sesso era un bisogno umano salutare e anche se i licantropi erano dei bollenti svitati, era così anche per loro. Abbassò lo sguardo su di sé. Aveva del seme ovunque. Recuperò delle salviettine umide dalla scrivania e si ripulì del proprio sul ventre, e poi da quello di Gabriel tra le gambe. Dovette deglutire forte al ricordo di quel fiotto caldo d'eccitazione che lo aveva attraversato quando l'alpha era venuto in... su di lui. Le lasciò cadere nel cestino, anche se la scia era ancora forte e chiara nonostante l'alcol nelle salviette.

Si voltò per cercare i vestiti e sbatté le palpebre, guardando in giro per la camera quando non li trovò. Tutto ciò su cui riusciva a puntare lo sguardo era l'uomo nudo sdraiato sul suo letto, con i muscoli gonfi mentre era mezzo raggomitolato verso lo spazio vuoto che il suo corpo aveva occupato poco prima. Per un lungo momento, pensò di recuperare il cellulare e scattare una foto. Non si poteva nemmeno vedere il viso di Gabriel da quell'angolazione... Ma anche se non aveva esperienza con scopate occasionali che duravano più di una notte, non voleva rischiare che Gabriel pensasse che avesse così poco successo da custodire una foto di lui nudo.

Quando Gabriel si svegliò, lui si era messo i boxer e una maglietta ed era seduto alla scrivania per controllare le e-mail. Udì il suo battito cardiaco abbandonare il ritmo placido del sonno e alzò lo sguardo in tempo per vedere la sua meravigliosa schiena sparire alla vista, mentre si rigirava verso di lui. Era difficile lamentarsi di quella perdita, quando rivelava l'attraente superficie del suo petto e il suo uccello molto sveglio, rosso e pronto. Alec lo guardò a bocca aperta, senza parole per il desiderio, finché Gabriel sbatté le palpebre scacciando il resto del sonno dai suoi occhi e inarcò un sopracciglio nella sua direzione. «Che ci fai lì?»

«Mi sono svegliato,» spiegò Alec.

Gabriel sbuffò, ma poi sorrise invitante. «Vuoi tornare qui?»

DOPO QUEL ROUND, GABRIEL gli aveva chiesto se c'era del cibo cinese d'asporto decente che potevano prendere; il posto più vicino al territorio del branco faceva schifo, e lui ne aveva voglia. Avevano finito per mangiarlo sul pavimento; Alec odiava fare storie, ma Gabriel lo aveva sorpreso a fare una faccia turbata quando aveva provato a sedersi sul letto con il suo piatto di noodle.

«Quindi sei un maniaco della pulizia,» lo stuzzicò, piegando le lunghe gambe sotto di sé, con una grazia che era decisamente sovrannaturale. Almeno si era rimesso gli slip, per quel poco che nascondevano.

Alec scrollò le spalle. «Non è niente di che.»

«Be', suppongo sia importante se diventerai un dottore, giusto? Gli umani non si ammalano o roba così se tutto non è perfettamente pulito prima di usarlo su di loro?»

«Anche noi,» rispose Alec. «Il corpo espelle naturalmente qualsiasi materiale esterno dalle ferite e, dato che lo facciamo molto in fretta, spesso non è un problema, ma l'igiene è sempre una buona cosa.»

Nel momento in cui lo disse realizzò quanto suonasse snob. Era il tono giusto all'università, certo, ma sapeva che le persone della sua età non parlavano in quel modo...

Osò sbirciare Gabriel e scoprì che pareva divertito, con le sopracciglia alzate e la bocca leggermente incurvata. «Hai già deciso la specializzazione?»

«Be'... non davvero.»

«Ma ne hai un'idea,» intuì Gabriel all'improvviso. Aveva talento a leggerlo dentro. Era pazzesco; per tutta la vita gli avevano detto quanto lui fosse difficile da comprendere.

«Mi piace pediatria,» rispose piano. «Però i piccoli umani...» Alzò le spalle. «Non so se la gestirei bene. Mi piacciono troppo i bambini.»

«Onesto,» commentò Gabriel dopo una pausa.

«Tu cosa fai?» domandò Alec. Era curioso e ora era arrivato finalmente il momento giusto di chiedere.

«Oh, edilizia,» rispose l'altro, quasi sbrigativo.

«Non ti piace?»

La bocca di Gabriel si piegò un po'. «È un lavoro. Non so, ho finito la scuola e non c'era niente che mi interessasse, ma ero forte e uno dei miei cugini mi ha fatto avere il lavoro.»

«Ti piacerebbe fare qualcos'altro?» Anche Alec era forte, ovviamente, ma non poteva immaginarsi di spostare pesi per tutto il giorno.

«Nah, adesso posso fare cose piuttosto interessanti, lavorare sui dettagli. Piastrelle e roba così. È un po' ripetitivo a volte, però almeno nessuno mi fa la pipì addosso,» aggiunse con un sorriso.

Alec sbuffò. «Nessuno mi ha ancora pisciato addosso! Sono solo al terzo anno; pensi che mi lascerebbero toccare un bambino? Ho a malapena visto qualche adulto. Ci sono perlopiù diagrammi e scheletri.»

Gabriel posò il suo cartoccio vuoto. «Allora, come vai ad anatomia maschile?» chiese, con un viso serissimo. Ma non riuscì a trattenersi, il sorriso gli spuntò sulle labbra come il sole compariva tra le nuvole. La prima impressione di Alec non gli aveva reso giustizia; non era una star del cinema, era un *angelo*.

O un diavolo, suppose, mentre Gabriel attraversava la stanza e gli soffocava una risata con la propria bocca.

Prese il lubrificante dal cassetto senza prima chiedere, non che Alec fosse nelle condizioni di parlare con l'intera parte inferiore del corpo di Gabriel che lo premeva giù contro il materasso. Lui era minuto per lo standard dei licantropi e Gabriel era enorme secondo quegli stessi parametri, quindi se non fosse rimasto sospeso su di lui avrebbe potuto facilmente togliergli il respiro solo appoggiandosi. Con sua sorpresa,

Gabriel si prese a malapena il tempo di lasciargli un bacio sull'angolo della bocca prima di iniziare a gattonare verso il fondo del letto, la destinazione chiara e senza deviazioni previste.

Alec deglutì forte, cercando di rimanere in silenzio mentre l'altro sfiorava con il naso l'osso del suo fianco, i lunghi capelli che gli facevano il solletico, anche quando gli piazzò un bacio umido sul ventre, proprio di fianco al suo uccello duro. Ci riuscì anche quando Gabriel smise di giocare con lui e diede una bella e accurata leccata al suo cazzo, ma non poté impedirsi di cercare di seguirlo quando l'alpha si spostò per respirare. Quello fu apparentemente un problema: le mani di Gabriel sui suoi fianchi strinsero forte, punitive, e lo spinsero subito di nuovo giù. Probabilmente fu una stretta abbastanza forte da lasciare dei lividi, ma non fu quello ciò che spinse Alec ad esalare come se avesse impattato contro un muro. Fu il modo in cui il suo corpo si immobilizzò semplicemente, rilassandosi sotto le mani di Gabriel come se avesse capito d'istinto che era al sicuro, o forse che non era più al comando e che non c'era motivo di dimenarsi. E poi Gabriel si chinò di nuovo e succhiò la punta del suo uccello con la propria bocca e lui non riuscì proprio a stare in silenzio, ma non importava. Non poteva importare. Non quando Gabriel continuò a succhiare piano, prendendolo sempre di più in bocca, in apparenza non infastidito quando gli arrivò così in profondità da toccargli il retro della gola. E per tutto il tempo non gli permise di alzare di un centimetro il sedere dalle lenzuola, nemmeno quando l'istinto lo dominò e spinse contro la stretta di Gabriel.

E poi, altrettanto all'improvviso, Gabriel gli lasciò i fianchi e si spostò all'indietro, spingendogli le cosce fino a fargli piegare le ginocchia appoggiandole sulle proprie spalle. Era una posizione stranamente vulnerabile, per quanto Gabriel lo stesse facendo godere, quindi ovviamente gli fece girare la testa dal desiderio, con il cazzo che sussultava mentre l'alpha lo spostava a suo piacimento. Gabriel puntò alla piega della sua coscia, poi gli leccò le palle esposte, ignorando gli involontari tremori e i sussulti del suo corpo.

Lui non era mai stato con qualcuno e Gabriel non si era fermato a chiedere cosa volesse. Anche se non era frettoloso, non si preoccupava nemmeno di ricevere conferma che andasse bene quello che stava facendo. Forse si aspettava che lui obiettasse per i palmi che gli tenevano il culo, o le dita mezze affondate tra le natiche, però era difficile pensarci quando le mani dell'altro lo tenevano vicino a quella bocca entusiasta. Tutto ciò che riusciva a fare era non stringere i muscoli e spingere verso quell'umido, setoso calore.

Udì il lubrificante che veniva strizzato fuori dal flacone prima di realizzare che Gabriel lo stava tenendo con una mano sola, e che aveva smesso di stuzzicarlo, tanto che Alec si rassegnò a stare sdraiato a subire, e il suo primo pensiero fu il sollievo che ne sarebbe venuto. Ma Gabriel non schizzò il liquido sullo stomaco di Alec come aveva sperato, invece gli diede un colpetto alla mano appoggiata sulle coperte, finché Alec non lo prese.

«Dammelo,» ordinò, aprendo il tappo e mettendo la mano a coppa sotto la debole stretta di Alec.

E Alec obbedì. Era a malapena capace di strizzarlo e ne venne fuori troppo; però, a parte un piccolo sussulto per via della temperatura, Gabriel non disse nulla. Alec lasciò cadere il tubetto, ancora aperto, e chiuse gli occhi per un momento, sentendosi come se quello sforzo gli avesse richiesto più energie di quante ne aveva. E poi la bocca di Gabriel tornò su di lui così come la mano, scivolosa e bagnata, intenta a strofinare nello spazio tra le sue natiche in un modo che lo spinse a stringere i muscoli e riaprire gli occhi, irrigidendo gli avambracci sotto di sé per cercare di guardare quel ragazzo che glielo stava succhiando come se fosse l'ultimo sorso d'acqua nel deserto. Quella vista lo fece rabbrividire, o forse fu la punta di un dito che si appoggiò alla sua apertura. Non riusciva a pensare, men che meno a parlare. Era perso in quelle sensazioni, tanto che si dimenticò di nuovo e si spinse semplicemente nella gola di Gabriel. Lo soffocò e Alec s'immobilizzò, con le scuse che gli uscivano dalle labbra.

Gabriel gli rivolse una blanda occhiataccia, tossendo un pochino, poi usò la mano che non aveva bagnato per afferrargli la base dell'uccello e dargli una strizzata d'avvertimento, tuffandocisi di nuovo, leccando lo spazio attorno al suo pugno come se non potesse averne mai abbastanza.

Alec gemette, con le mani che si chiudevano nelle coperte mentre faticava a stare fermo. Non servì a molto, perché, quando una delle dita vaganti di Gabriel spinse sul serio dentro il suo buco, e lui cercò di scappargli, scoprì che l'alpha era preparato. Il suo cazzo venne stretto forte nella presa implacabile di Gabriel e fu bloccato con facilità. Il dito si ritirò effettivamente dopo un momento, ma il messaggio era chiaro: non stava a lui decidere quando sarebbe accaduto.

Francamente, a lui non sarebbe potuto importare di meno. Se Gabriel non lo avesse fatto venire presto...

«Per favore,» gli sfuggì. La sua voce era rotta, come se fosse stato lui e non Gabriel quello che stava facendo il pompino.

Gabriel si tirò addirittura indietro, alzando il capo per incrociare il suo sguardo e, in qualche modo, quello diede a quelle parole tutta un'altra intensità: non stava semplicemente chiedendo a Gabriel di sbrigarsi, lo stava *pregando*. «Per favore,» ripeté, con la gola secca e la faccia in fiamme.

Non importava quello che avrebbe detto. In quel momento, con Gabriel che per metà lo bloccava giù, con le dita nel suo culo, lui sapeva che non si sarebbe mosso finché l'alpha non gli avesse detto che poteva. Era smanioso di venire, così vicino al limite che gli pareva di non avere nemmeno bisogno della bocca dell'altro, il suo respiro che lo accarezzava sarebbe bastato... Ma fu abbastanza, grazie alla luna, per spingere Gabriel ad inclinare l'uccello di Alec proprio all'angolazione giusta per darci dentro, lo succhiò con meno delicatezza e più energia, senza più giocare o stuzzicare, semplicemente succhiando con tutto se stesso, anche se l'altra sua mano gli impediva di aiutarlo. Venne così, inarcando la schiena anche se i fianchi erano tenuti ben fermi tra la mano di Gabriel e la sua bocca, e il mondo divenne nulla, bianco e di nuovo nero mentre il suo cervello cercava di processare l'ondata di piacere che veniva dal suo cazzo, e poi dal suo culo perché Gabriel non aveva semplicemente lasciato lì la mano, aveva spinto un dito di nuovo oltre il suo buco proprio mentre lui iniziava a venire, e ora ci si stava stringendo attorno, con il corpo che oscillava tra l'estasi e l'iper-stimolazione.

Quando Gabriel lo lasciò finalmente andare, Alec si raggomitolò su un fianco, tirando le gambe contro il proprio petto per districarle dalle braccia dell'altro. Registrò a malapena Gabriel togliere il dito da dentro di lui. Stava ansimando troppo forte anche per essere appena venuto, e la sua mente sembrava... stranamente silenziosa. Sapeva che quello che avevano appena fatto era... Percepì la mano di Gabriel su un fianco accarezzarlo rassicurante, e non disse nulla mentre l'alpha si premeva contro la sua schiena, modellandosi alla curva del suo corpo finché il suo cazzo duro non fu una presenza umida e bollente contro di lui.

«Troppo?» chiese, in un modo che non poteva del tutto considerarsi un mormorio.

Alec poté a malapena annuire, ma fu più che sufficiente perché il mento di Gabriel si incastrasse oltre la sua spalla.

«Okay, ci andrò piano con te... Lasciami solo...»

Alec gli permise effettivamente di aggrapparsi al suo fianco e spingersi contro la parte bassa della sua schiena, bagnandolo di sperma e forse lubrificante, fino al sedere, finché non iniziò a gemere piano sulla sua spalla, il fiato caldo e umido mentre ansimava. E poi stava venendo, tenendosi mentre spingeva più forte, strofinando l'uccello su di lui come se lo stesse scopando *davvero*. Alec chiuse gli occhi e lasciò che la sensazione lo inondasse.

Capitolo Cinque: Passato Recente

G abriel non era uno che procrastinava quando andava fatto qualcosa; proprio il giorno dopo tornò dal lavoro con l'invito per una cena con Adele e sua moglie. A quanto pareva, Lara era un'alpha che lavorava come manager al cantiere che aveva assunto mezzo branco.

«Dovresti venire con me,» annunciò ad Alec, a cena.

Erano solo in sei; un giorno alla settimana Irina riportava in macchina Marisa al vecchio branco, così da poter mangiare con le loro famiglie. Un sacco di alpha si sarebbero offesi che un loro beta intrattenesse rapporti così stretti con il vecchio branco, ma loro non avevano un Primo Alpha e Ray si era premurato di dire ai beta che erano liberi di tornarci ogni volta che volevano. In due settimane, avrebbero visto come andava con gli altri tre beta che avevano selezionato, ma per farlo avevano bisogno di contattare un idraulico per rendere abitabile la seconda casa. A Irina e Marisa andava bene condividere la camera a cui Iesu aveva generosamente rinunciato, così da poter dormire tra le braccia di Sergi ogni notte, ma non sarebbe stato giusto chiedere a cinque adulti di condividere una camera come dei bambini.

Iesu osservò Alec e Gabriel, confuso. Aveva senso, dato che da quando li conosceva, Gabriel non aveva mai parlato ad

Alec a parte per fargli i complimenti per la sua cucina o per chiedergli di fermarsi a comprare i pannolini sulla via di casa.

Alec fece finta di non accorgersene. «Quando?»

«Domani o venerdì, hanno detto che entrambe le sere vanno bene.»

Alec si prese un momento per considerare i propri impegni. Voleva temporeggiare, ovviamente, non perché non volesse più informazioni, le bramava disperatamente, ma perché sapeva già che sarebbe stato imbarazzante. *Lui* sarebbe stato imbarazzante. Ma facendo di venerdì sarebbe andato al lavoro tre giorni di seguito e si conosceva troppo bene per pensare che sarebbe stato in grado di gestire quello e anche una visita di cortesia a estranei.

«Domani,» disse a Gabriel e, nel tentativo di evitare i suoi occhi, incrociò accidentalmente quelli di Ray.

Aveva un'aria giovane e stanca e, per qualche ragione che Alec non sapeva ancora spiegare, entrambe le cose erano vere. Parlò perlopiù per fare un tentativo di distrarlo, così che non si rivolgesse a lui per qualcosa. «Proveremo a convincerle a permettermi di pesare i loro figli, così da avere più dati.»

«Oh,» Ray sembrò sorpreso ma, inaspettatamente, anche contento. «È positivo, no? Non puoi fare scienza con cinque campioni, perfino io lo so.»

Alec voleva dirgli di non parlare male di sé: poteva anche non essere andato all'università, ma ciò non significava che non fosse intelligente o capace di capire i concetti. «Ti ricordi molto di più della biologia delle superiori che la maggior parte delle persone,» commentò invece.

Ray alzò le spalle. «Mi piaceva più di fisica,» rispose timido.

Ma aveva fatto proprio l'esempio sbagliato. «Ugh, fisica,» gemette Alec. «Ha quasi rovinato il mio voto complessivo all'esame.»

«Davvero?» chiese Iesu dall'altro lato. «*Tu* avevi qualche materia in cui non andavi bene a scuola?»

«Ci sono un sacco di materie in cui non andavo bene,» si lagnò Alec. «Sono bravo solo in ciò che mi piace.»

«Allora, fisica e che altro?» insistette Ray.

«Be',» disse Alec, sorridendogli quando realizzò. «In realtà, arte. Facevo schifo a disegnare,» spiegò, non osando quasi tirare fuori il talento di Ray. «I movimenti di precisione non fanno per me. Non diventerò nemmeno un chirurgo.»

«Volevi esserlo?» chiese con cautela Ray. Dall'altra parte del tavolo, Sergi lasciò sfumare la discussione con Gabriel riguardo agli ultimi lavori per l'ala dei beta. Non si trattava tanto di una nuova ala, ma di una nuova casa interamente costruita accanto alla loro, con un corridoio di collegamento, ma a Iesu, che era venuto dalla Romania con il suo piccolo branco quando aveva dieci anni, piaceva prendere in giro "i modi di dire inglesi" e il nomignolo era rimasto.

Alec tenne gli occhi sul proprio cibo mentre lo tagliava in piccoli pezzi. Stavano mangiando stufato e probabilmente non aveva bisogno di essere tagliato in pezzi così piccoli per essere consumato, ma era qualcosa da fare per tenere a bada i nervi. «Affatto, non mi fa impressione il sangue o altro, ma mi pare un po' troppo, sai?»

Ray fece un rumore soffocato e Alec si ricordò all'improvviso che Ray, il ragazzo dolce che passava felicemente delle ore sulle tele, di recente aveva *ucciso* qualcuno a mani nude.

Nessun altro sembrò notare il silenzio improvviso di Ray, perché Iesu iniziò a parlare di quando sua cugina si era tagliata una coscia e aveva sanguinato ovunque sulla poltrona preferita di sua madre. Era un aneddoto innocente, nemmeno così tanto vivido, ma Alec notò il modo in cui le spalle di Ray si erano afflosciate. Doveva fare qualcosa...

«Iesu,» sibilò Sergi al suo fianco. «Sto *mangiando*.»

E semplicemente così, non ci fu altro da dire: Iesu si voltò verso di lui e si allungò verso la sua guancia, accarezzandola piano. Sergi non sembrò contento, ma non si spostò per rifiutare quel gesto. Alec non poteva biasimarlo; non pensava che lui avrebbe rinunciato così facilmente a quella semplice intimità, se gli fosse stata offerta. Ray era tornato a respirare normalmente, anche se non stava mangiando, ma piuttosto spostando il cibo nel piatto.

Alec dovette distogliere lo sguardo da lui, sentendosi come se il proprio stomaco fosse fatto di piombo. «Per che ora pensi dobbiamo essere lì?» Girò il viso verso Gabriel, ma tenne gli occhi bassi.

Gabriel gli rispose comunque. «Le otto dovrebbero andare bene. È il tuo turno di mettere i piccoli a letto, però ti aiuterò io e se gli diamo da mangiare alle cinque dovremmo aver ampiamente finito.»

Alec sbirciò in alto, sorpreso. Non che avrebbe mai saltato le proprie responsabilità, ma con Marisa e Irina nei paraggi era facile trovare qualcuno che ti sostituisse, se avevi qualcosa da fare.

«Grazie,» disse, incrociando per sbaglio lo sguardo di Gabriel. Diceva davvero, però. Poteva percepire tante possibilità aprirsi, mentre si preparava a reprimere le proprie paure e parlare ad altre persone di cosa stava facendo. Non aveva grandi speranze di essere autorizzato a parlare con un omega, ma riusciva a immaginare un genitore lasciargli pesare e misurare i propri figli e forse, se avessero sfruttato bene quell'opportunità... Si riscosse da quella fantasia. Era un bene essere speranzosi, però non era saggio esserlo con ingenuità.

Gabriel annuì. «Nessun problema.»

E diceva davvero anche lui.

GIACCHÉ ERA NERVOSO, terrorizzato, riguardo all'incontro, immaginò che avrebbe fatto meglio a smorzare la sua mancanza di capacità relazionali con del cibo. Un dessert sembrava appropriato, dato che la maggior parte della gente trovava sempre spazio per un dolcetto dopo i pasti. Scelse i brownie alla crema per essere interessante senza risultare troppo esotico; in Inghilterra era difficile pensare che una combinazione di cioccolato e crema potesse risultare sgradita. Iniziò alle undici del mattino, perché non riuscì a persuadersi del tutto dell'impossibilità di fare casini la prima volta. In più, il turno di Josh non iniziava fino alle quattro del pomeriggio e lui era crollato sul divano, mezzo coperto da cuccioli e bambini e teneva d'occhio il resto mentre guardavano un cartone animato su dei tipi che controllavano gli elementi. Sembrava più nelle corde di Josh che in quelle dei bambini.

Probabilmente comunque erano troppo piccoli per qualsiasi cosa di più articolato di Sesame Street e Josh aveva bisogno di aiuto per rimanere sveglio. Era tornato a mezzanotte e si era svegliato presto per fare da balia. Marisa se n'era uscita con le tabelle degli incarichi, ma non poteva farci molto visto che i colleghi di Josh avevano l'abitudine di saltare dei turni senza nessuna ragione apparente, e che il suo capo era troppo tenero per licenziarli per quel motivo. Se non fosse stato per l'incontro, Alec avrebbe spedito Josh di nuovo a letto, ma per come stava messo poteva a malapena gestire la preparazione del dolce. Non si fidava di controllare i bambini, visto il modo in cui gli frullava il cervello.

La ricetta era abbastanza semplice, e Alec sapeva di essere un cuoco capace, ma che a volte sovrastimava le proprie abilità di pasticcere. Una volta aveva aperto il forno nel bel mezzo della lievitazione di una torta, aveva anche calcolato male la temperatura e due o tre volte aveva bruciato le sue creazioni. Gli altri normalmente erano piuttosto contenti quando toglieva lo strato di bruciato e aggiungeva della marmellata, crema o ganache. Ma quello che stava preparando era da portare a degli sconosciuti. Se doveva compensare il fatto che sarebbe diventato troppo nervoso per parlargli, doveva essere più che passabile.

«È il pranzo?» chiese Iesu sulla porta. Lui e Sergi non stavano lavorando al momento, quindi potevano passare il tempo a costruire le nuove stanze per i beta. Erano abbastanza distanti dalla civiltà da poterla fare franca con le magre conoscenze di Gabriel sull'edilizia e poter risparmiare i soldi che gli sarebbero costate le certificazioni. Il territorio su quel lato del fiume, che era stato comprato dal loro branco originale decenni prima, per assicurarsi che gli umani non lo inquinassero, ora era ufficialmente proprietà di Ray. Era sempre appartenuto a degli alpha in passato, ma quando lo zio di Ray aveva suggerito di renderli co-proprietari, Josh aveva rifiutato subito, era Ray che poteva percepire il territorio dopo tutto, e quando Gabriel l'aveva supportato, era stata cosa fatta. Nessuno di loro possedeva la casa, perché la casa ufficialmente non esisteva, anche se era tutt'altro che vuota.

«Dessert, per la cena di stasera,» spiegò Alec. «Voglio dire, per la cena a cui parteciperò, ma ne sto facendo abbastanza per lasciarlo a voi ragazzi.»

«Mmm... ha un ottimo odore,» commentò Iesu, entrando e prendendo una grossa bottiglia d'acqua dal frigo. Alec avrebbe scommesso qualsiasi cosa che si sarebbe dimenticato di metterne dentro un'altra quando se ne sarebbe andato. Mescolò il resto dell'impasto al cioccolato con le uova e lo zucchero, alzando giusto in tempo la testa per schiaffeggiare via la mano di Iesu.

«No,» disse deciso al broncio di Iesu.

«È solo un po'...»

«Hai le mani sporche.»

«Le ho lavate!» insistette Iesu indignato. E Alec gli rivolse uno sguardo per nulla impressionato. Era sicuro che Iesu le avesse a mala pena *sciacquate*.

«Puoi leccare la ciotola dopo,» propose.

Iesu fece un passo indietro, e Alec avrebbe dovuto sapere di dover essere sospettoso quando smetteva di sindacare. «Conoscevi Gabriel da prima, non è vero?»

Alec alzò lo sguardo, colpendo la ciotola con il polso e affrettandosi a raddrizzarla prima che si rovesciasse. «Sì,» rispose, quando ci riuscì e continuò a mescolare anche se si era scoperto.

«Come mai?»

«Stesso branco,» disse Alec. Non era una bugia ma era così nervoso che il suo battito accelerò mentre parlava. Dopotutto, anche lui e Iesu avevano fatto parte dello stesso branco.

Iesu lo aveva intuito, e Alec *sapeva* che lo aveva intuito. Però forse non si sentiva di poterlo dire apertamente. Non era come se si conoscessero bene. Iesu era disinvolto ed entusiasta, rideva un sacco e sembrava vivere per fare ridere anche gli altri. Non poteva essere più diverso da lui perfino provandoci. Era probabilmente ovvio anche a Iesu, perché fino a quel momento l'aveva perlopiù lasciato stare.

«È solo... Quando ti ha parlato, ieri, ha dato per scontato che avresti fatto quello che voleva lui. Non sei obbligato, lo sai vero?»

Alec alzò lo sguardo e incrociò i suoi occhi, più che altro per la sorpresa. «Oh, no, non è così.»

«Così come?»

«Cioè... non mi sento, non so, costretto a fare quello che vuole... È solo...»

«Che vuoi farlo?» suggerì dubbioso Iesu, quando Alec lasciò la frase in sospeso.

Alec alzò le spalle. «Lui è bravo con le persone e io sono felice di assecondarlo. In realtà è stata una sua idea quella di chiedere il permesso di misurare i loro figli. E di...» esitò. Per qualche ragione, non voleva menzionare il loro piano di provare a parlare con gli omega e scoprire come potevano aiutare Ray. «Be', aiutare il branco. Stiamo cercando di capire le cose. Io farò la parte scientifica, lui parlerà con la gente.»

«Mmm... se ne sei sicuro. Ricorda soltanto che siamo tutti sulla stessa barca, okay?»

Alec si costrinse a incontrare i suoi occhi perché sapeva che era così, tecnicamente, ma non avrebbe mai creduto che Iesu sarebbe stato disposto a intervenire in suo favore. «Sì, lo so, non preoccuparti.»

«Posso leccare la spatola adesso?» chiese Iesu, con un sorriso irriverente.

«È UN POWERPOINT?»

Alec fece un salto per aria e si voltò così velocemente che si sarebbe fatto male se il suo corpo non fosse stato così resistente. Stava quasi per scattare quando Gabriel alzò entrambe le mani, con la bocca che si incurvava. «Scusa, colpa mia. Stavi ovviamente lavorando intensamente. Come al solito,» aggiunse con un sorriso.

Alec distolse lo sguardo. «È solo... ho pensato che una presentazione sarebbe stata più facile. Pezzi più brevi d'informazioni.»

Era davvero riuscito a convincere Irina a scambiarsi i turni da babysitter in cambio di alcuni brownie in anticipo, diavolo se quella donna era golosa, quindi era libero per il resto della giornata.

«Certo, hai ragione. Forse dovresti fare il professore.»

Alec gli rivolse uno sguardo orripilato. «Un professore? Impossibile, mi mangerebbero vivo.»

«Sono sicuro che sopravvivresti,» rispose Gabriel. Alec non lo contraddisse.

«Dobbiamo andare?»

«Be', non adesso, sono solo uscito dalla doccia e pensavo...» Parve esitare, poi si avvicinò al tavolo e si sedette di fianco ad Alec. Lui cercò di non irrigidirsi, ma Gabriel si era seduto così vicino che il suo ginocchio urtò la sua coscia quando si chinò in avanti per guardare lo schermo. Profumava d'acqua, shampoo, la roba quasi inodore che gli umani creavano per quelli che tra loro avevano un olfatto sensibile, e sotto tutto quello, se stesso. «Ti va di raccontarmi tutto?»

Alec pensò di rifiutare, o forse di riporre il portatile nella propria borsa e far finta di essersi dimenticato il caricatore in camera... era piuttosto sicuro che Gabriel non l'avrebbe smascherato. Ovviamente, avrebbe finto che loro non avessero mai... Alec non ne era nemmeno sicuro: era solo il sesso a essere off-limits o la loro intera relazione? Gabriel gli aveva chiesto di unirsi a quel nuovo branco per una ragione, dopotutto. E non si comportava così familiarmente con Iesu, che onestamente non aveva conosciuto in passato.

«Be',» iniziò. «Questi sono i tassi di crescita dei bambini umani, il che è più interessante di tutto il resto, ma non ho molti dati...»

«In più, scommetto che Jamie sta sballando tutti i tuoi numeri,» commentò Gabriel.

Alec deglutì, sapendo di essere osservato, e di avere Gabriel a soli pochi centimetri di distanza. Non distolse lo sguardo dallo schermo; cliccò la slide successiva. Gabriel aveva ragione, allenarsi poteva fargli bene. Era anche una fortuna che conoscesse i dati come le sue tasche, perché o Gabriel si stava avvicinando man mano o Alec stava diventando sempre più consapevole del suo calore corporeo.

Fu sia un sollievo che uno shock quando Iesu li interruppe. «Voi ragazzi non avete quella cena?»

Alec si raddrizzò, sentendosi arrossire. Non era che si fosse dimenticato del motivo per cui si stava preparando. Era solo... La sedia di Gabriel grattò contro il pavimento di legno grezzo mentre si alzava in piedi. «Sì, probabilmente è ora di andare.»

Capitolo Sei: Passato Lontano

A volte Alec si chiedeva se quell'esperienza fosse tanto intensa per Gabriel quanto lo era per lui. Avrebbe spiegato perché l'alpha aveva iniziato a mandargli messaggi ogni tanto, a volte suggerendo di vedersi, a volte solo per condividere momenti apparentemente casuali riguardo i colleghi o il loro branco. Alec non avrebbe detto che erano amici, ma almeno avrebbe fatto un cenno a Gabriel se si fossero incrociati nel territorio del branco.

Nonostante avesse finito gli esami, aveva molto con cui tenersi occupato all'università per almeno un altro mese, quindi sua madre gliel'aveva fatta passare liscia con il ritorno a casa per un week-end.

La libertà non sarebbe durata, e una voce nella sua testa continuava a dirgli che forse *Gabriel* non gli avrebbe parlato se si fossero visti a casa. Alec l'avrebbe capito: dopotutto, erano entrambi non dichiarati e non avevano molto in comune a parte quello che facevano a letto... Ma non importava quanto lo razionalizzasse, temeva comunque che Gabriel gli avrebbe rivolto uno sguardo vacuo e avrebbe guardato oltre.

Come spesso accadeva quando veniva risucchiato in una spirale di preoccupazione, era così concentrato sulle possibilità più terribili che in effetti si dimenticò di considerare qualche fattore reale. Come la luna piena. O la corsa sotto la luna piena a cui partecipavano tutti i membri del branco con un fisico sano.

A cui ci si aspettava che lui partecipasse.

Sua madre gli aveva preparato una cena leggera, una torta vegetariana e un'insalata che lui mangiò con la stessa determinazione che metteva nel rimanere sveglio durante una notte di studio. Come al solito lei aveva fatto finta di non vedere e fiutare tutti i segni del suo disagio. Non lo faceva con malizia; aveva solo imparato che fargli domande al riguardo peggiorava solo le cose. Non aveva bisogno di un interrogatorio, bensì di una distrazione.

La corsa sarebbe servita allo scopo, e in un branco di quasi trecento membri non era nemmeno tanto probabile che avrebbe incrociato Gabriel, non importava quello che strillava il suo cervello nel suo pessimo stato di alterazione chimica.

Non era mai successo prima, se lo ricordò con fermezza. E una volta trasformatosi, il lupo lo aiutò a calmarsi un po'. Il richiamo della luna era forse l'unica cosa più forte del cervello caotico di Alec e al lupo non importava molto dei pensieri, non di quelli buoni e certamente non di quelli negativi che gli facevano contrarre la coda. Era più facile essere un lupo, solo che lui era ancora lì, dentro il lupo e, a seconda di dove stava, alla sua testa non piaceva essere influenzata dalla luna più di quanto apprezzasse i pensieri che non poteva controllare.

Non fu una brutta notte, corse con il branco e cacciò, aiutando ad abbattere uno dei cervi che avevano introdotto nella foresta più vicina, e mangiò fino a essere sazio prima di iniziare a correre di nuovo. Con tutto il sesso che aveva fatto, non era nemmeno difficile tenere lontano il lupo dalle orge che si stavano svolgendo un po' ovunque, mentre l'istinto all'accoppiamento esplodeva dopo che il bisogno più primitivo del cibo era stato soddisfatto.

Si allontanò da solo, facendo concentrare il lupo e se stesso sulla buonissima gamma di scie attorno a loro, che gli erano mancate quando era stato nella città inquinata, e non sui corpi caldi che stavano lasciando indietro. Non realizzò di essere seguito finché non si trovò a circa duecento metri dal branco. Quando si fermò e si voltò, snudò i denti, aspettandosi un lupetto che si era montato la testa e voleva sfidarlo.

Era Gabriel.

Il lupo di Alec lo riconobbe subito, con il bellissimo manto marrone chiaro su una bestia quasi una spanna più alta di lui. Abbassò il capo, senza mettersi ancora sulla schiena, ma riconoscendo la sottomissione che doveva a un alpha. Però forse Gabriel si aspettava più di quello, perché non si fermò finché non gli fu accanto.

Alec si immobilizzò, incerto se dover mostrare il proprio collo. Ma tutto ciò che fece l'alpha fu spingergli l'orecchio, strusciandosi quasi come un cucciolo contro il suo fianco, provocandogli un brivido. Lui non aveva paura, non proprio, ma era *effettivamente* preoccupato. E non poteva neanche chiedere cosa stesse succedendo, non in quelle vesti...

La luna era ancora abbastanza alta nel cielo da rendergli difficile mutare, ma non per niente era un maniaco del controllo e riuscì a trasformarsi comunque. Gabriel gli si strusciò addosso mentre Alec crollava a terra su un fianco, poi il lupo marrone guaì basso di gola e lo imitò.

All'improvviso gli fu addosso, con il corpo nudo che lo schiacciava sull'erba umida. «Che...» iniziò a chiedere Alec, ma Gabriel lo stava già baciando.

Aveva più barba di quanta ne avesse mai avuta prima, doveva essersi sforzato di radersi quando si incontravano, e gli punse la pelle delle guance mentre Gabriel insinuava la lingua tra le sue labbra. Era semplicemente troppo da sopportare dato che Alec si trovava già in fiamme: si aggrappò a Gabriel, intrecciando le gambe alle sue, spingendo in alto i fianchi verso la pelle incredibilmente setosa e bollente del ventre dell'altro.

Fu solo quando ebbero finito che si ricordò che il resto del loro branco esisteva, e poi fu lui, non Gabriel, ad allontanarsi in fretta. Controllò i dintorni, anche se stavano dietro a degli alberi se qualcuno fosse stato nelle vicinanze non ci sarebbe stato modo di nascondere il seme su entrambi.

Gabriel lo fissava accigliato, sembrando confuso più che allarmato. «Noi... loro potrebbero...» riuscì a dire Alec.

«Quindi? È la luna piena,» rispose. «È concesso a tutti un po' di divertimento.»

Alec deglutì, gli occhi vagavano lontano. «Io...»

«Non sei dichiarato.» Per la prima volta, Gabriel sembrava davvero incupito. «Certo che non lo sei.»

Alec sussultò, sentendosi arrossire, questa volta per la vergogna. Non era come se tutti raccontassero di essere gay, nel branco. Di certo non aveva mai sentito alcun pettegolezzo riguardo a Gabriel, anche se era troppo vecchio per non essersi accoppiato con un omega. «Che dovrei fare?»

Gabriel sospirò. «Niente. Scusa, non sono affari miei.»

Si stava già voltando e la cosa peggiore fu che quelle parole furono sufficienti a fargli realizzare che Alec *voleva* che fossero affari suoi. «Aspetta.» Gabriel si fermò, alzando lo sguardo su di lui. «I tuoi genitori lo sanno?»

Annuì. «E i miei amici.»

«Non ho mai sentito di nessuno...» Deglutì. «È solo che non ne vedo il motivo. I miei genitori volevano che fossi un alpha, e per un beta non importa davvero quello che facciamo, quindi...» Alzò le spalle.

«Quindi ti arrangi con gli umani?»

«Sì, voglio dire, non sono comunque quasi mai qui...»

«Capito,» rispose Gabriel, suonando di nuovo affabile, quasi rilassato. E non lo disturbava per niente la propria nudità, o quella di Alec, mentre lui stava avendo problemi a tenere gli occhi puntati sul suo viso. Alzò lo sguardo al cielo. «Vuoi correre fino al fiume?»

Era un'offerta che non poteva rifiutare, anche se non era pronto a lasciare che qualcuno scoprisse di lui. Non voleva proprio dire di no, non se significava poter passare del tempo in più con Gabriel.

Non notò che Gabriel aveva fatto in modo di farlo correre vicino alla sponda finché il lupo alpha non virò e lo spinse dritto in acqua. Ne uscì schizzando, con il pelo inzuppato e i denti scoperti, e se avesse avuto la bocca adatta, avrebbe anche imprecato. Per com'era, tutto ciò che poté fare fu andare a riva e saltare sulla schiena di Gabriel, tirandogli l'orecchio finché questi non rotolò e gli morse piano il muso. Nonostante lo svantaggio della stazza, Alec sapeva come usare la propria velocità: spinse Gabriel a rincorrerlo e poi puntò all'area fangosa di fianco all'acqua. Il momento successivo si fermò di colpo, facendo retromarcia e gettando entrambi nell'acqua gelata del fiume.

E poi iniziarono a scalciare entrambi come cuccioli, leccandosi e tirandosi senza pensare alla gerarchia o allo status.

Tutti i cuccioli erano beta e, in quanto tali, eguali. Era un bel gioco.

Alla fine, Gabriel uscì dal fiume, lasciando Alec a nuotare e tornò con un coniglio. Il collo era stato spezzato ma, a parte quello, era intatto quando Gabriel gli fece segno di mangiare. I beta non dovevano mai mangiare prima degli alpha. Infatti, gli alpha dovevano offrire i loro trofei agli omega... Ma gli occhi di Gabriel erano chiaramente su di lui, la sua espressione sincera tanto quanto poteva esserla quella di un lupo. Alec si scrollò di dosso l'acqua in eccesso e si avvicinò, osservandolo ancora in caso avesse capito male. Ma poi stava mordendo la carne calda, lasciando che il sangue fluisse nella sua bocca, saporito e salutare, e non poté fermare il suo lupo dal prendersene un boccone. Si fece indietro, e solo allora Gabriel affondò i propri denti in una zampa, strappandola piegando il collo.

Mangiarono in silenzio, senza guardarsi ma profondamente consci della presenza l'uno dell'altro, e poi tornarono al fiume per bere a sazietà. Alec non era sicuro di che fare dopo, avrebbero potuto facilmente riunirsi al branco nella corsa, o alle dormite di gruppo, o a qualsiasi cosa sarebbero finiti a fare per soddisfare le pretese della luna.

Ma quando si voltò di nuovo verso Gabriel, scoprì che era tornato in forma umana. Mutò quasi lui stesso prima che l'alpha gli facesse il gesto di avvicinarsi. Alec lo fece, forse il suo lupo voleva obbedire all'alpha, forse era solo che Alec *voleva* stargli più vicino. Non importava, non appena fu a portata di mano, Gabriel si inginocchiò e affondò le mani nel suo pelo, facendogli desiderare di fare le fusa come un gattino e girarsi sulla schiena come un cane comune per elemosinare una grattata.

In qualche modo dovette essersi tradito, perché Gabriel fece una bassa risatina e spostò la mano dietro le sue orecchie. Alec non poté impedirsi di spingersi contro quel tocco.

«Sì,» disse dolcemente. «Sei...» Soffocò le parole, ma suonò quasi come se fosse stato distratto. «Senti, torniamo da me. Abito a Lanchester, ma è ancora buio, possiamo correre fin lì.»

Capitolo Sette: Passato Recente

Aveva passato così tanto tempo con Gabriel in privato, o da soli o con gli altri membri del loro piccolo branco, che fu quasi scioccato nel vedere i modi piuttosto rispettosi con cui si comportò con Adele. Fu quello più di qualsiasi altra cosa che fece realizzare ad Alec che avrebbe dovuto fare più domande sui padroni di casa. Tutto ciò che sapeva era che lei era la seconda cugina di Gabriel, dal lato di sua madre. Quando una bellissima donna di colore aprì la porta, al suo cervello ci volle un momento per processare che era una beta e che quindi doveva trattarsi di Adele.

«Tu devi essere Alec,» disse lei con un sorriso che rendeva chiaro che lei e Gabriel fossero senza dubbio parenti. I suoi occhi puntarono la teglia coperta tra le sue mani. «È cioccolato?» domandò con palese gioia. «Lara ti adotterà!»

«Ah, sì.» Riuscì a passarglielo, poi realizzò che così lei non poteva più ricambiare la stretta di mano che lui stava offrendo e si ritrasse in fretta. «Adele, giusto?» chiese invece.

Pensò che fosse un recupero abbastanza disinvolto finché lei non lanciò un'occhiata scettica a suo cugino. «Non gli hai raccontato molto, vero?»

Gabriel alzò le spalle. «Non c'è stato molto tempo, Alec è stato occupato a preparare i suoi appunti per voi, e i brownie.

71

È andato un po' nel panico quando gli ho detto che sei un'infermiera.»

Alec si immobilizzò per un momento, ma non era davvero imbarazzato. Gabriel lo stava facendo sembrare uno che prendeva tutto troppo sul serio, certo, ma lo faceva suonare anche adorabile.

E fece ridere Adele, profondamente e di gusto. «Entrate,» disse lei, arretrando. «Lara sta mettendo a letto i bambini, ma io ho del vino.»

La sua cucina era molto spaziosa, con un grande tavolo e c'era indubbiamente del vino, che Alec apprezzò perlopiù per la possibilità di tenere le mani occupate mentre Adele e Gabriel si stuzzicavano come due gatti che giocavano con un topo. Non c'era chiaramente nulla di malizioso dietro, ma per lui, che non aveva fratelli e non era in confidenza con i suoi cugini, sembrava piuttosto strano.

L'arrivo di Lara fu una piacevole distrazione perché Adele si concentrò su di lei come se fosse il sole che sorgeva all'orizzonte. Alec si bloccò a fissare la sua espressione per un momento, prima di costringersi a distogliere lo sguardo. Sembrava stranamente invasivo da parte sua. E gli faceva male vedere quel tipo d'amore, quando lui sapeva di non poterlo raggiungere.

Gabriel la attirò in un abbraccio, del tipo virile con pacche sulle spalle, e Lara lo ricambiò a sua volta. Era una donna minuta, dalla pelle più scura di sua moglie e con una moltitudine di capelli intrecciati che le scendevano lungo la schiena. Non aveva proprio l'aspetto di un'alpha, il che lo fece balbettare un po' quando lei gli si presentò. Non provò ad abbracciarlo, fortunatamente, ma gli offrì una mano da stringere e gli diede una bella strizzata, facendogli capire che aveva notato la sua esitazione. Gli si strinse lo stomaco: l'ultima cosa che voleva era offenderla.

Anche la luna sapeva che *lui* non sembrava un alpha. Gabriel si fece avanti e gli appoggiò una mano sulla spalla. «Alec scoprirà come i licantropi riescono a fare quello che facciamo,» affermò. Quelle parole lo riempirono di calore per un istante, prima di realizzare che probabilmente Gabriel stava solo cercando di vendere loro la ricerca.

Non stava mentendo, e non suonava nemmeno come se stesse scherzando. Alec gli scoccò un'occhiata sorpresa ma Gabriel era concentrato su Adele. Aveva tolto la mano eppure, anche attraverso due strati di stoffa, Alec poteva ancora sentirla.

«Nessuna pressione, eh?» rispose lei, ridendo.

«Ehi, avete la possibilità di partecipare a uno studio rivoluzionario qui,» la rimbeccò Gabriel.

«Sul serio?» Lara pareva scettica, ed era comprensibile dato che Gabriel stava ingigantendo così tanto quello che Alec faceva, che non era altro che mettere giù dei dati e lavorarli tramite Excel.

Ma Gabriel non si fece indietro. Alec non era sicuro se ci credesse davvero così intensamente o se fosse solo incapace di subire. «Hai mai sentito di qualcuno che ha fatto qualcosa del genere?»

Alec sapeva bene che nessuno l'aveva fatto, o almeno nessuno l'aveva reso pubblico. La scienza era cosa buona e giusta, ma condividere informazioni dove degli umani potevano trovarle? Trovare loro? Potevano essere passati centinaia di anni da quando i cacciatori erano scomparsi, però la paura non era svanita con altrettanta facilità. La conoscenza era potente solo se eri l'unico a possederla e i licantropi erano felici di ignorare il funzionamento del proprio corpo, se ciò significava che sapevano tutto degli umani, ma gli umani non sapevano niente di loro.

Lara non rispose, voltandosi invece verso sua moglie. Adele scosse la testa. «Non ho mai sentito nulla, anche se ho fatto qualche ricerca.»

«Io ho controllato un sacco, in realtà,» disse Alec. «Non c'è nulla, almeno niente nelle vicinanze, e se lo stanno facendo da altre parti lo stanno tenendo segreto.»

«Quindi che cosa intendi scoprire esattamente?»

«Be', per ora è ovvio che il ritmo di crescita dei bambini licantropi è 1.2 volte più veloce di quello dei bambini umani.»

«Inclusi i traguardi cognitivi?» chiese Adele.

«Ecco, sì, ma non ho un tasso preciso per quello. Il mio campione è troppo piccolo.»

Lei annuì. «Che dati stai raccogliendo? Gabriel ha detto altezza e peso, ma non può essere tutto, vero?»

«No, sto controllando anche i riflessi e ho cronometrato mentre risolvono vari tipi di puzzle.» Fece una pausa e lei emise un versetto incoraggiante, e iniziò a spiegare animatamente.

A un certo punto, Lara lo frenò e suggerì di spostarsi a tavola per mangiare. Alec realizzò di avere la bocca secca, perché anche se Gabriel gli aveva riempito il bicchiere di vino almeno una volta, non aveva fatto pause abbastanza lunghe da berlo. Prese un lungo sorso, lasciando che gli altri riflettessero su cos'avrebbe potuto significare quella ricerca e se eventualmente potessero effettuare studi sui gemelli.

Il cibo era ottimo: arrosto con un qualche tipo di contorno che era sia speziato che alle erbe. Venne fuori che era opera di Lara e lei fu contenta di discutere di ricette con Alec.

«Allora sei tu quello che sta nutrendo il gruppo?» chiese Lara, indicando Gabriel con la testa. Per la prima volta, ad Alec venne in mente che lei doveva essere più grande di loro. Era praticamente impossibile dirlo con l'invecchiamento rallentato dei licantropi. Un'altra cosa da esplorare quando ne avrebbe avuto il tempo...

«Be', ora i beta danno una mano,» disse alzando le spalle. «Ma prima... o cucinavo o si mangiava d'asporto ogni giorno.»

Lei rise. «Mi ricordo quando Gabriel se n'è andato da casa dei suoi genitori, sua madre era preoccupata che non avrebbe mangiato bene. Ovviamente lui ha finito per spuntare a pranzo e a cena la metà delle volte.»

Alec sorrise, e notò Gabriel sbirciarlo con la coda dell'occhio.

«Quindi tu e Adele state insieme da tanto?» le chiese. Era genuinamente interessato: come si era perso una coppia lesbica nel suo stesso branco che metteva su casa insieme?

«Oh, sì, da anni. Dall'ultimo anno delle superiori,» spiegò Lara.

Alec la guardò a bocca aperta.

Lara alzò le sopracciglia nella sua direzione. «Perché sei così sconvolto? Quanti anni pensi che abbiamo?»

Non importava davvero la loro età. Se stavano insieme da quando avevano diciassette o diciotto anni, significava che durava da almeno otto anni, se ne avessero avuti ventisei come lui. «No, è...» Prese un sorso di vino. «Non pensavo che qualcuno del branco fosse... dichiarato.»

L'espressione di lei si fece seria, quasi... protettiva. Poteva vederlo ora, che lei era un alpha. Lui poteva non essere un granché al riguardo, ma anche lui avvertiva l'istinto di proteggere il branco. «Non lo hai detto mentre vivevi col branco?» gli chiese con tono neutro. Non lo stava giudicando, però Alec non poteva non auto-giudicarsi.

Lui abbassò lo sguardo, scuotendo la testa. Non l'aveva nemmeno considerato quando Gabriel aveva ammesso che i suoi genitori e gli amici sapevano di lui. Gabriel era Gabriel e quello che poteva fare non aveva niente a che fare con ciò che lui poteva permettersi. E dopo che avevano condiviso quella notte nello studio di Gabriel, così intensa che lui poteva ancora rievocarne le sensazioni se si fosse concentrato, avevano iniziato a parlare di fare cose molto più controverse che dormire con un altro uomo. Forse il branco poteva ignorare le relazioni di Gabriel finché non le sbandierava, ma non avrebbe mai sopportato qualcosa di simile a ciò che Alec voleva. Forse nemmeno quando era stato un beta. Tenerlo segreto era stato necessario.

E ora il segreto era svelato, o almeno in parte. I suoi genitori erano stati contentissimi che lui fosse stato scelto per dare inizio a un nuovo branco. Avevano accettato Ray come se fosse l'amore della sua vita invece di un ragazzo che aveva avuto pietà di lui e l'aveva preso con sé perché doveva pur tenersi *qualcuno*. Eppure Alec non riusciva a lamentarsi, non quando pensava che i suoi genitori erano davvero contenti di lui per la prima volta nella sua vita. Non avrebbe voluto che gli importasse così tanto, erano sempre stati orgogliosi, però non lo avevano mai capito, eppure ora potevano vedere almeno in parte cosa lo rendesse felice. E non solo approvavano, ma condividevano la sua gioia. Erano i suoi *genitori* e lui li amava. Pensava che lo amassero anche loro, per quanto lo trovassero strano.

E adoravano Jamie, il loro primo nipote.

Non erano indifferenti con i cuccioli altrui: avevano portato regali a tutti i bambini quando erano venuti a trovarli, ma Alec li aveva visti inginocchiarsi di fianco a Jamie ovunque si trovasse. Poteva capire benissimo il richiamo del sangue: *lui* stesso nutriva una preferenza per Jamie. Lo amava come una parte di sé, sia il lupo che l'umano erano concordi nel loro bisogno di proteggerlo da tutto e da tutti. Un sentimento che gli aveva fatto capire che dietro a un sacco di potere c'era la vulnerabilità che quel potere aveva bisogno di proteggere.

Era orgoglioso di Jamie in un modo in cui non era mai stato capace di esserlo di sé. Si costrinse a prendere parola. «Sono stato un beta per... un sacco di tempo. Ho pensato che non importasse e che fosse meglio continuare a rendere felici i miei genitori. Non sapevo che... Non avevo idea che voi stavate insieme. O che Gabriel fosse dichiarato.»

Realizzò all'improvviso che tutti si erano fatti silenziosi. Si sentì arrossire quando avvertì i loro sguardi addosso, e poi Gabriel venne in suo soccorso. «Alec ha sprecato la giovinezza a studiare come un pazzo,» disse con un tono leggero e canzonatorio. «Ma ne sarà valsa la pena quando scoprirà per noi tutti i segreti della licantropia,» aggiunse.

Alec gli lanciò un'occhiata, con le guance ancora calde ma incapace di trattenersi, perché Gabriel sembrava... orgoglioso. Era folle: lui non aveva ancora fatto molto oltre ai test di base che qualsiasi pediatra poteva fare anche dormendo, e la successiva immissione dei dati nel computer. Però non pareva importargli. Gabriel gli sorrise, raggiante, potente e consapevole. Come se lo conoscesse, come se sapesse qualcosa di lui che Alec non era sicuro fosse vero.

Ma voleva che fosse così.

«Licantropia?» ripeté Adele, l'ilarità nella sua voce. «Alec ti ha *influenzato*, cugino?»

Gabriel rise abbastanza a lungo da coprire Alec che soffocava. «So anche scriverlo!»

Lara emise uno sbuffo. «Smettila di mettere in imbarazzo gli ospiti e va' a prendermi i brownie, donna,» ordinò a sua moglie. «Alec ha detto che dentro hanno cioccolato *e* crema. Se sono buoni come sembra, potrei semplicemente fuggire nel loro branco!»

Adele alzò gli occhi al cielo anche mentre si alzava per obbedirle. «Ti rendi conto che hai *cinque figli*, vero? Torneresti dopo due giorni.»

«DOVEVI DAVVERO INGIGANTIRE così tanto la cosa per convincerle a lasciarmi pesare i loro figli?» chiese una volta che furono in macchina. Non aveva in programma di guardare Gabriel e così nemmeno Gabriel poteva guardarlo.

«Ho solo detto la verità,» rispose con semplicità l'altro. Era anche sincero ora.

Alec sbuffò. «Sì, certo, rivoluzionerò la biologia sui licantropi.»

«Be'...» Gabriel gli scoccò un'occhiata che lui fece finta di non vedere. «Penso che tu *creerai* la biologia sui licantropi, quindi sì, lo definirei così...»

«Senti...» iniziò a dire.

«Stai dicendo che non vuoi farlo?» chiese Gabriel, interrompendolo come faceva sempre, come se non si rendesse nemmeno conto che lui fosse intento a dire qualcosa. Andava completamente contro il protocollo, ma forse Gabriel si era abituato a farlo quando lui era un beta. Forse non si rendeva davvero conto che lo stava facendo.

«Non è questo il punto. Ovvio che voglio farlo, ma è solo una piccola ricerca. Voglio dire, non la pensavo nemmeno come una ricerca prima che lo dicessi tu!»

Gabriel alzò le spalle. «Be', forse dovresti pensare più in grande, perché Adele farà due chiacchiere con sua sorella perché parli con te. Lei è un'omega.»

«Oh, è...»

«E Lara lo farà presente al suo gruppo di donne alpha,» continuò Gabriel. «Io devo ancora lisciarmi il padre di Adele per far sì che il suo compagno ti parli. L'ho accennato, ma Adele ha rifiutato categoricamente, non le piace venire coinvolta negli affari dei suoi genitori. Però, ecco, è un inizio.»

«Un inizio? È...» Lasciò la frase in sospeso. Sapeva di non essere bravo con le persone ma non riusciva a credere di essersi perso così tanto delle conversazioni che avvenivano attorno a lui. «Le conosci bene? Il modo in cui ti prendevano in giro...»

«Oh, sì, hanno fatto da babysitter a me e ai miei fratelli. E le ho beccate un sacco di volte a limonare, perché sono il più grande e non andavo mai a dormire quando ci mettevano a letto.»

«Lo sei?» chiese Alec, prima di poterselo impedire.

«Sì, ho tre fratelli più piccoli. Beta, finora,» aggiunse, ruotando con facilità il volante con un tocco di dita.

Alec distolse lo sguardo dai muscoli che si muovevano sotto la pelle abbronzata. Era buona educazione rispondere qualcosa, però. «Io sono figlio unico. Sarebbe stato divertente avere qualcun altro...»

«Mmm... per me lo è stato,» ammise Gabriel. «Ma non penso che a te sarebbe piaciuto. Con tutte le urla e le lotte...» Schioccò la lingua, palesemente affezionato a quei ricordi.

«Forse non sarei così,» suggerì Alec. Gli uscì in tono amaro, invece che come dato di fatto. Guardò fuori dal finestrino, sperando che Gabriel in qualche modo non l'avesse notato in quello spazio chiuso, o che facesse finta di non averlo sentito.

L'altro alpha rimase in silenzio per un lungo momento. «Così come?»

Alec sospirò. «Solo... lascia stare, non intendevo dire niente.»

Gabriel non rispose e Alec gli scoccò uno sguardo sorpreso giusto in tempo per notare che stavano accostando a lato della strada. Erano quasi a casa, ma apparentemente quello non poteva aspettare.

Il motore borbottava ancora mentre si stava raffreddando quando Gabriel si voltò per incrociare i suoi occhi, e Alec abbassò lo sguardo. «Cosa volevi dire con *così*?» chiese di nuovo, paziente ma implacabile.

Alec deglutì, ma era stato proprio lui a ficcarsi in quella situazione. «Semplicemente tutto... preoccupato. Sempre a rimuginare troppo sulle cose.»

«Pensi che la tua ansia derivi dall'essere cresciuto come figlio unico?» chiese Gabriel. Bisognava dargliene atto, non sembrava incredulo, ma la domanda rendeva chiaro che non era d'accordo. E aveva detto quella parola. Alec non l'aveva mai sentita pronunciare da qualcuno, diretta a lui, realizzò. Perché nessuno sapeva. Nessuno doveva sapere. Gabriel era sempre stato troppo accomodante nei suoi confronti perché lui potesse pensare che ne fosse inconsapevole. Gli aveva perfino parlato per farlo smettere di iper-ventilare, una volta. Però dargli un nome...

Cercò di spiegarsi. «Ecco, non lo so, ma avrebbe potuto aiutare avere qualcuno attorno da cui imparare come gestire queste cose.» Agitò una mano oltre la propria spalla per indicare la cena che avevano appena lasciato.

«Alec, l'hai già fatto,» rispose Gabriel molto dolcemente.

Per un secondo, lui rimase sorpreso, ma poi la rabbia lo pervase. «Pensi che sia andata *bene*?» lo sfidò. «È stato imbarazzante, e goffo, e non ho nemmeno sentito che stavi ottenendo tutti quegli... quegli accordi!»

Gabriel si raddrizzò, colto alla sprovvista. «Okay, ma comunque ce l'hai fatta.»

«No, *tu l'hai fatto*. Io ero lì solo per essere il tuo scienziato da esibire.»

Gabriel alzò le sopracciglia nella sua direzione. «Scienziato da esibire? Sei tu quello a cui è venuta l'idea; non ci sarebbero cose da far fare alla gente senza di te.»

Non c'era molto da ribattere al riguardo, ma ci provò comunque. «Io non... non mi sono inventato questo grande progetto di cui parli. Mi stavo solo prendendo cura di mio figlio. Dei nostri figli,» si corresse con un'occhiata nervosa. Gli alpha erano inclini a offendersi per cose del genere.

Gabriel non parve nemmeno sentire quell'aggiunta. «Però vuoi farlo?»

Alec aveva già acconsentito, ma in un certo senso quella era un'altra domanda. Voleva scoprire come sarebbero cresciuti i loro figli, e specialmente cosa stava succedendo con Ray. Avrebbe felicemente letto un'intera biblioteca su entrambi gli argomenti; ma voleva essere quello in prima linea ad investigare ciò che avrebbe portato a quelle risposte? Era già chiaro che non sarebbe stato il lavoro tranquillo e solitario in cui eccelleva. Avrebbe dovuto recarsi in casa d'altri, parlargli... E sarebbe diventato anche più delicato e imbarazzante quando sarebbe arrivato alla biologia omega e alle loro vite sessuali.

Eppure non esisteva una biblioteca. Non c'era un singolo libro che fosse riuscito a scovare, nemmeno scritto da qualche autoproclamato esperto. Non era sicuro di poter riuscire a diventare quell'esperto. Però sapeva che doveva provarci, perché il suo omega ne aveva bisogno. Il suo branco ne aveva bisogno. Non poteva tirarsi indietro, non quando nessun altro poteva prendere il suo posto. Deglutì. «Sì.»

Gabriel sorrise, la sua bocca era come un raggio di speranza a cui Alec era inesorabilmente attratto. «Ottimo. Ora che ci siamo chiariti... Adele e Laura ti hanno trovato affascinante.»

Alec alzò gli occhi al cielo, tentando di tenere lontano lo sguardo per non venire intrappolato dallo charme di *Gabriel*. «Sì, certo, specialmente dopo che Lara ha notato che ho pensato che non avesse l'aspetto di un'alpha.»

«Sono sicuro che se ne sia accorta, ma probabilmente ha anche visto che eri imbarazzato per averlo pensato,» sottolineò l'altro. Era un concetto folle, che qualcuno potesse essere meno offeso dalla sua gaffe a causa di scuse che non aveva nemmeno porto.

«Come avrebbe potuto capirlo?» lo sfidò Alec.

Il sorriso di Gabriel era quasi predatorio ora. «Stavi arrossendo.»

«Oh, vaff...» si interruppe, avevano iniziato a eliminare le parolacce dai loro vocabolari, prima che i bambini diventassero abbastanza grandi da capirle. Come regola, Alec non la trovava difficile da seguire: le parolacce non erano mai piaciute ai suoi genitori e difficilmente aveva parlato con qualcun altro.

Gabriel rise. «Wow, ho davvero una cattiva influenza!» commentò. Era appoggiato oltre il volante. La pelle del suo braccio brillava sotto la luce della mezzaluna dalla spalla al polso, e per un secondo gli occhi di Alec si soffermarono sull'accenno di barba che gli delineava la mascella squadrata.

Distolse lo sguardo, sbuffando. Non era sicuro se fosse frustrato a causa di Gabriel o di se stesso. «Okay, sai cosa? Puoi credere che mi abbiano trovato "affascinante", non mi importa. Non è che tu dia mai retta a qualcuno.»

«Cosa?» la voce di Gabriel si era fatta all'improvviso bassa e aspra. «Io ti ascolto. E cerco di ascoltare tutti gli altri, se ho...»

«Mi dispiace!» lo interruppe Alec all'improvviso. Aveva visto Gabriel arrabbiato in passato, ma mai così sulla difensiva. «Non dicevo davvero. Sono solo... È difficile sentirti dire tutte queste cose su di me. Non ne sono all'altezza,» ammise, con gli occhi fissi sul cruscotto.

«Be',» rispose l'altro dopo una lunga pausa. «Sono un po' di parte, non è vero? Ma hanno veramente detto che sei carino, e sono disposte a farti includere i loro figli nella ricerca, quindi... Puoi pensare di aver sfruttato il tuo aspetto o la tua personalità, quello dei due che ti fa sentire meglio.»

Alec alzò lo sguardo, sorpreso. *Di parte? Di parte come?*
Però quella non era una linea di pensiero utile e comunque
non aveva le energie per tenere viva la cosa a lungo. Si costrinse
a incrociare gli occhi di Gabriel. «Grazie per avermi portato,
e anche per averle convinte ad aiutarci. Scoprirò cosa sta
succedendo con Ray, lo prometto.»

Gabriel esitò, il viso inespressivo per un momento. «*Noi* lo
scopriremo. Non è una responsabilità soltanto tua.»

«Okay,» acconsentì Alec. Aveva davvero bisogno di
andare a casa. A casa e nella sua camera, con la porta chiusa,
così da poter serrare gli occhi e lasciare che i pensieri che si
stavano accavallando nella sua testa lo attraversassero
semplicemente. Non sarebbe stato piacevole ma, almeno, una
volta analizzate le possibilità, avrebbe potuto essere sicuro che
la sua apprensione derivava solo dal suo cervello difettoso che
agitava la corda di un allarme solo per fargli dispetto, e non da
un problema reale che aveva ignorato.

NON C'ERA DA MERAVIGLIARSI che avesse dormito
troppo; erano rimasti fuori fino a tardi la notte prima e, per
quanto Lara e Adele fossero state gentili, parlare con degli
sconosciuti lo stancava sempre. Specialmente sconosciuti che lo
giudicavano. In qualche modo, sembrava aver fatto i passi giusti
e alla luce del giorno poteva ammettere che Gabriel non si era
sbagliato del tutto: la conversazione era stata interessante e lui
non aveva dimenticato ciò che aveva voluto dire.

L'odore di uova e aglio lo colpì non appena aprì la porta
della sua camera, ma non così tanto da prepararlo alla scena
bizzarra che trovò in cucina. Iesu stava mescolando le uova in

una padella e Irina pareva stesse tagliando gli ingredienti per un'insalata sulla credenza.

Stavano scherzando tra loro, con intimità affettuosa. E Alec non riusciva a capire una singola parola.

Irina si accorse per prima che era lì e si girò per augurargli buongiorno.

«Voi...» iniziò a dire, prima di realizzare quanto fosse secca la sua gola. Si guardò intorno e notò una brocca piena di succo d'arancia appena spremuto. Si servì a sufficienza solo per rinfrescarsi la bocca, non volendo rovinare quello che chiaramente sarebbe stato un buffet.

«Non ti dispiace, vero, Alec?» gli domandò Iesu. Stava sorridendo come al solito, ma aspettò che Alec incrociasse i suoi occhi e scuotesse la testa, prima di tornare a girarsi per aprire il forno. Ne uscì profumo di pane.

«Avete *panificato*?» chiese Alec, troppo scioccato per essere educato.

«L'ho fatto io,» chiarì Irina. «Puoi contare su Iesu per fare cose semplici, ma aprirebbe il forno in anticipo *ogni volta* e rovinerebbe il pane.»

Iesu strinse le spalle. «È per questo che ho te, giusto?»

Irina alzò gli occhi al cielo e Alec si rese conto che la conversazione tra loro si sarebbe velocemente evoluta nel loro solito battibecco amichevole, se non li avesse fermati. «Non sapevo che voi ragazzi parlaste rumeno.»

«Certo,» replicò Iesu. «Ci siamo trasferiti qui quando avevo...»

«Lo so,» lo interruppe Alec, ma ciò spinse il suo compagno di branco a voltarsi di nuovo con aria sorpresa. «Conviviamo da un anno. Mi ricordo, mi hai raccontato di aver imparato l'inglese. È solo... suppongo di aver pensato che non lo parlassi più.»

Irina sbuffò, senza alzare lo sguardo dalle fette di pomodoro e cetrioli che stava sistemando su un piatto. «Fai sul serio? Pensi che i nostri genitori parlino inglese a casa?»

«Be', anche loro dovrebbero averlo imparato...»

«Solo rumeno in casa,» spiegò Iesu. «A meno che non stessimo facendo i compiti di inglese.»

«Oh, sembra... Credo sia positivo che lo parliate ancora.»

Iesu alzò le spalle. «Ce la caviamo, ma sono un po' arrugginito. Siamo così impegnati...»

Lo stomaco di Alec si strinse. Lui non voleva davvero andare a trovare i suoi genitori più spesso di una volta al mese, ma non aveva considerato che agli altri membri del branco potessero mancare le loro famiglie. I genitori di Iesu sembravano severi ma era ovvio che a lui mancavano comunque. «Dovresti andare a trovarli più spesso. Irina ci va in macchina ogni settimana, giusto?» Si voltò verso di lei.

Per una volta, la sua espressione era riservata. «Giusto,» ammise e lui avrebbe potuto giurare che ci fosse della riluttanza nella sua voce.

Iesu sembrò non accorgersene mentre cercava un coltello da pane nei cassetti della cucina; venne fuori che non ne avevano uno.

«Forse potremmo fare un barbecue, ora che le temperature stanno salendo,» propose invece Alec. L'ultima cosa che voleva era impicciarsi degli affari loro.

«Oh, *carne*,» commentò Iesu con aria sognante. «Siamo autorizzati a farlo o Madama Marisa pretenderà della verdura per bilanciare le cose?»

«Ovvio, sta evitando ai tuoi figli di beccarsi lo scorbuto, povero te,» lo prese in giro Irina.

Alec non era sicuro che fosse veramente così, ma in quel momento realizzò qualcos'altro che importava ancora di più. «Dovreste insegnarglielo!»

I due cugini lo fissarono. «Cosa?» chiese Iesu.

«Il Rumeno, ai piccoli. I bambini imparano le lingue semplicemente ascoltando: se entrambi lo parlate nelle loro vicinanze o con loro, dovrebbe essere sufficiente,» spiegò Alec.

«Vuoi che i nostri figli parlino rumeno?» chiese Irina. «A che scopo?»

«Be', il bilinguismo è un enorme vantaggio per imparare qualsiasi cosa...» iniziò, poi si rese conto di un'altra cosa. «Probabilmente rallenterà il loro inglese e incasinerà i miei dati...» Scosse il capo e incrociò gli occhi scuri e scioccati di Iesu. «Ma dovreste farlo comunque, è troppo utile per loro.»

«Senti, Alec...» Irina iniziò con un tono che prometteva una dose di quel realismo di cui era una specialista.

Ma suo cugino le parlò sopra. «Sei sicuro che non ti dà fastidio per la ricerca?» Il suo tono era neutrale, ma dato che Iesu era sempre giulivo, Alec prese la sua cautela come segno di un'emozione più profonda.

«Sì,» rispose Alec. «Voglio dire,» mise giù il bicchiere e distolse lo sguardo, «presto verranno coinvolti altri bambini, Gabriel sta organizzando. E questo è importante. Ricordo quando stavo cercando di imparare il francese a scuola e odiavo quanto fosse difficile. Avrei adorato che qualcuno me l'avesse offerto su un piatto d'argento in un periodo in cui sarebbe stato automatico assimilarlo.» Alzò gli occhi. «Un po' come fanno in Matrix, sapete?»

Irina sbuffò, apparentemente incapace di contenersi. Strinse le spalle quando Alec la guardò. «Sei un tale nerd, Alec,» gli disse. Suonava quasi affettuosa.

Alec alzò le spalle; non era la prima volta che veniva preso in giro per la sua passione per la conoscenza. Forse era l'unica cosa che gli era sempre piaciuta di se stesso, e la gente poteva pensare ciò che voleva.

«Quindi, lo chiediamo a Ray?» chiese Iesu, posando il pane tagliato al centro del tavolo.

In realtà era una domanda piuttosto valida e Alec si sentì in colpa per non averci pensato. A Ray sarebbe potuta non piacere l'idea che i suoi figli parlassero una lingua che non poteva capire. «Possiamo discuterne quando gli altri scenderanno per la colazione,» suggerì. «Vado a chiamarli, dato che non devo cucinare.» Sorrise a Iesu, non sapendo neppure il perché; non era davvero un ruolo ufficiale per lui quello di occuparsi dei pasti, solo una preferenza personale che gli altri assecondavano.

«Prego,» rispose Iesu, ricambiando il sorriso.

Capitolo Otto: Passato Lontano

Lo studio di Gabriel era dominato da un enorme futon. Era un posto relativamente moderno, ma piccolo per delle persone che erano cresciute nelle case enormi che il branco aveva costruito nel loro territorio, dove i giardini sul retro erano perlopiù aperti ma considerevolmente più importanti di una TV a schermo piatto, e dove ci si aspettava che i bambini avessero spazio per correre attorno ai mobili. Avrebbero potuto correre lì, almeno finché non urtavano alle sedie di plastica piegate contro il muro, o la scarpiera, ordinata ma chiaramente instabile.

Alec non era claustrofobico, ma si bloccò comunque di colpo quando entrò. Aveva l'odore di Gabriel, almeno, ma non era...

«Sì, lo so,» disse Gabriel. Accese le luci e appoggiò con nonchalance la giacca a un gancio attaccato al muro nell'angolo accanto alla porta d'ingresso. «È un buco.»

«No!» negò subito Alec, e poi, sentendo il proprio cuore perdere un battito per quella bugia, si bloccò. «So come sono i prezzi...»

Gabriel gli scoccò un'occhiata divertita da sopra la spalla, alzandole poi entrambe. «Serve al suo scopo, e dormo qui tipo una notte su due,» spiegò, trasudando una sicurezza disinvolta. Alec deglutì, cercando di impedirsi di reagire. Non che avesse pensato che Gabriel non stesse più andando nei club, frequentando altri... «È difficile evitare di tornare, per mangiare,» ammise l'alpha, posando due tazze su un bancone per un tè.

Per mangiare? Tornava nel territorio del branco? In effetti lui ci viveva terribilmente vicino.

«Zucchero?» offrì Gabriel.

Alec annuì. «Niente latte.» Ciò fece esitare Gabriel, di certo era uno strano capriccio da avere in Inghilterra. «Agli adulti il latte non serve, e assimilo un sacco di grassi dalla carne.»

«Ma non ti piace?» chiese Gabriel con scioltezza, finendo di preparare entrambe le loro tazze. Si girò, appoggiandosi contro un lato del bancone e gli porse la tazza stretta tra i suoi palmi. Alec si avvicinò e la prese, rilassandosi subito mentre il calore si insinuava in lui.

Scosse il capo. «Ha un sapore... dolce, ma sbagliato?»

Gabriel rise. «Non devi scrivermi un tema sul motivo!» Prese un sorso del proprio tè e sospirò di contentezza. Erano quasi le quattro del mattino, ma appariva allegro e pieno di energie. La luna aiutava; Alec era stato troppo occupato a consegnare dei documenti per il suo tirocinio estivo per dormire molto la notte prima, e ora era bello sveglio, il magnetismo gli vibrava sottopelle, ma in parte derivava semplicemente dalla naturale intensità di Gabriel. L'alpha si accorse che lui lo stava scrutando e gli chiese, inarcando un sopracciglio: «Vuoi delle patatine o roba così?»

Probabilmente era a causa dell'influenza della luna, perché le parole gli sfuggirono dalle labbra senza esitazioni. «No, non voglio *mangiare*.»

Gli occhi di Gabriel si sgranarono appena, ma mise giù la tazza sul bancone dietro di lui senza distogliere lo sguardo. «In ginocchio,» mormorò. Piano, ma chiaramente un ordine.

E Alec obbedì. Riuscì a muoversi con sufficiente grazia da non rovesciare il resto del proprio tè mentre lo appoggiava di lato, sulle piastrelle fredde della cucina. Quando risollevò lo sguardo, Gabriel lo stava osservando pensieroso. Lui rabbrividì. Ormai conosceva quello sguardo, e doveva ancora deluderlo. L'alpha prese di nuovo la tazza e sorseggiò lentamente il tè. Indicò il proprio inguine con la mano libera, l'espressione quasi indifferente. «Che stai aspettando?»

Alec esalò, sentendo quelle parole trafiggerlo come una spada, rimodellando inesorabilmente tutto ciò che toccavano. Si protese verso la lampo di Gabriel. L'uccello sotto i boxer era gonfio ma eretto solo a metà e Alec, che aveva ribollito lentamente per tutta la notte tranne i pochi minuti dopo essere venuto, sapeva di non poter togliere quel merito alla luna. Non gli importava. Abbassò di più i pantaloni, ma la mano libera di Gabriel schizzò in avanti e gli prese il polso, forte e implacabile. «Lasciali. Tiralo solo fuori.»

Quindi Alec lo fece, afferrandogli con attenzione il cazzo e tirandoglielo fuori dalla stoffa scura senza scoprirgli i fianchi. Gabriel sospirò, con lo stesso suono compiaciuto che aveva prodotto con il primo sorso di tè. «Sì, vai avanti.»

Alec si chinò e diede un bacio alla punta, poi la succhiò prendendola in bocca, il sapore sembrò esplodere sulla sua lingua e nella sua mente in contemporanea. C'era qualcosa dello sperma che lo colpiva proprio, forse perché era stata la prima cosa che lo aveva reso certo che tutti i suoi pensieri sugli uomini erano più di mere macchinazioni della sua mente per renderlo ansioso. Era stata la prima cosa semplice che aveva condiviso con un'altra persona, toccare un corpo in un modo che non poteva essere equivocato o frainteso, provocare piacere senza rinunciare a niente di cui aveva bisogno, senza dover riflettere sulle proprie azioni. Ne prese più di quanto potesse gestire e ci soffocò un po' attorno, nonostante la mano che teneva alla base. Gabriel era un uomo imponente e il suo uccello era un po' più grosso di quanto esigevano le proporzioni.

Udì il tintinnio della porcellana sul bancone e poi la mano destra di Gabriel si insinuò nei suoi capelli, massaggiandogli la testa, mentre lui prendeva una boccata d'aria, protettivo ma anche... possessivo. Alec leccò attorno alla base, con lunghi passaggi di lingua che si allontanavano progressivamente dalla sua mano, bagnando l'impressionante lunghezza così da rendere più facile prenderlo tutto. Perché era ciò che voleva. Gabriel fece un verso d'approvazione quando lui tornò a succhiargli la punta, poi lo guidò più in basso, incoraggiante. Alec deglutì e lasciò che gli entrasse di più in bocca finché non gli colpì il fondo della gola. Si immobilizzò per un momento e la mano nei suoi capelli si strinse, spingendolo a rilassarsi contro quel tocco come se fosse stato acceso un interruttore. Gabriel spinse i fianchi in avanti, dandogliene un po' di più, prima di tirarsi indietro, e Alec deglutì per combattere un conato, poi respirò quanto più profondamente poteva, preparandosi per la spinta successiva. Gabriel entrò più a fondo questa volta, afferrandogli la mascella con l'altra mano. Cercò a tentoni il retro delle cosce di Gabriel per mantenere l'equilibrio, l'alpha non obiettò a quel tocco, ma lo prese come il fatto che lui fosse pronto per ricevere di più, perché la spinta successiva non fu solo più profonda ma anche più veemente.

Alec soffocò, con il corpo che sussultava mentre cercava di respirare e deglutire allo stesso tempo. «Shh...» gli disse Gabriel. Si tirò indietro per metà e gli massaggiò un lato della gola con il mignolo per spingerlo a rilassarsi. Alec respirò con il naso e, dopo un momento, Gabriel tornò a spingersi dentro. Non andò in profondità come prima, sfiorandogli a malapena il fondo della gola prima di farsi indietro e ripeterlo ancora e ancora. Alec deglutì compulsivamente, sentendo la saliva uscirgli da un lato della bocca, troppo concentrato sull'ossigeno per preoccuparsene, e Gabriel continuò ancora e ancora, alternando spinte profonde a solo accennate, andando però più veloce ogni volta mentre gli tratteneva la testa alla giusta angolazione, tramite i capelli e la mascella.

Alec non riusciva a concentrarsi abbastanza da succhiare o leccare, eppure non sembrava importare. Tutto ciò che doveva fare era respirare e Gabriel sarebbe stato soddisfatto. Tremò sotto la stretta dell'alpha, sentendo la testa girare per la mancanza d'aria e ancora così inebriato da riuscire a malapena a rimanere in ginocchio, aggrappandosi ai jeans di Gabriel. Il suo stesso uccello era duro e pulsante, una presenza insistente che riusciva ad ignorare in favore della placida calma nella sua testa e della necessità di concentrarsi se non voleva soffocare di nuovo. Il suo corpo pareva quasi essersi estraniato, il suo cazzo intrappolato nell'intimo stretto era soltanto un pensiero secondario. Non importava, non poteva importare. Gemette attorno all'uccello che gli riempiva la bocca quando i fianchi di Gabriel sussultarono mentre l'alpha perdeva il ritmo per un momento e gli colpiva il retro della gola con tanta forza da fargli male. Si riprese subito, spostandosi per cambiare angolazione e accarezzandogli la guancia per scusarsi. Alec cercò di succhiarlo mentre si tirava fuori; era l'unica risposta che poteva dargli.

Gabriel esalò tremante, ma emise un verso di disapprovazione. «No, lasciami fare,» disse piano ad Alec. Gli piegò la testa all'indietro ancora di più, tirandogli i capelli finché non ansimò verso il soffitto, con solo la punta dell'uccello di Gabriel rimasta in bocca. Gli occhi di Gabriel erano scuri, il volto arrossato. Eppure sembrava più sicuro che mai. «Non devi fare niente, me ne occuperò io. Respira e basta.»

Allentò la stretta sui suoi capelli e gli guidò il viso di nuovo giù, spingendosi nella sua bocca mentre lo faceva. Alec respirò, deglutendo il sapore salato del liquido preseminale assieme alla propria saliva mentre l'uccello spesso di Gabriel affondava ancora una volta. L'altro iniziò a muoversi più veloce, con spinte meno veementi che gli avrebbero permesso di succhiarglielo se gli fosse stato concesso. Non era troppo difficile restare semplicemente fermo a ricevere, anche se un po' desiderava potersi toccare il cazzo, ma sapeva istintivamente che non poteva spostare le mani da dov'erano, aggrappate ai pantaloni di Gabriel.

La stretta dell'alpha sul suo viso si intensificò e Gabriel iniziò a spingere più profondamente. Alec era pronto a fare di più. Chiuse gli occhi per potersi concentrare meglio mentre Gabriel aumentava il ritmo, sbattendosi letteralmente la sua bocca, facendogli inumidire gli occhi e respirare a fatica. Allentò la presa sui pantaloni di Gabriel e sarebbe caduto se questi non lo avesse tenuto per la testa. La sua mente era vuota anche se il suo corpo reagiva e respirava attraverso il naso. Poteva sentire l'uccello dell'altro pulsare per l'orgasmo imminente mentre gli affondava dentro per intero. Avrebbe dovuto deglutire, avrebbe dovuto farlo di certo: stava lasciando che l'alpha gli scopasse la bocca, semplicemente respirando con il naso e concentrandosi per non graffiarlo con i denti.

Quando venne, Gabriel gridò, ma Alec quasi se lo perse perché, mentre lo faceva, si spinse a fondo nella sua gola, bloccandosi lì. Il suo corpo si ribellò subito: la gola si contrasse, le mani si animarono ancora una volta e le spalle sussultarono contro la stretta implacabile delle mani di Gabriel. Ma fu troppo veloce, Gabriel stava già esplodendo e lui sentì la pressione dello sperma giù per la gola, che lo costrinse a deglutire perché non c'era altra parte dove potesse andare. La sua bocca si chiuse, ma nemmeno il morso dei denti poté fermare il fiotto regolare dello sperma dell'alpha che scivolava in lui.

Passò qualche momento di puro panico, per la semplice deprivazione d'ossigeno. La cosa successiva che percepì fu che Gabriel si stava tirando fuori dalle sue labbra, la saliva e il seme che gocciolavano lungo il suo mento mentre collassava in avanti, sorreggendosi sulle mani, ancora tra le gambe dell'alpha.

Si appoggiò sui propri gomiti, ansimando forte, quando notò la strana stanchezza che stava scendendo su di lui. Per un momento, pensò che si trattasse del suo cervello che si stava riprendendo da quella fatica, poi realizzò che l'insistente pulsare in mezzo alle sue gambe era svanito. Strinse insieme le cosce, perlopiù in stordita meraviglia, e la quantità di seme appiccicoso dentro le sue mutande lo fece attraversare da un brivido sorpreso. Lui era... Gabriel non l'aveva toccato. *Nessuno* l'aveva toccato e lui era...

Gabriel si chinò goffamente nello spazio ridotto tra il corpo di Alec e il bancone e lo sollevò piano, inginocchiandosi così da poter mettere le braccia sotto quelle di Alec, prendendolo da sotto le ascelle. Significava che lui gli era praticamente in grembo quando Gabriel gli appoggiò una mano sul mento e gli alzò il volto per incrociare i suoi occhi. Aveva un'aria incerta, per una volta, con una lieve ruga di concentrazione tra le sopracciglia. «Stai bene?»

Quella domanda lo fece ridere, e poi soffocare, perché guarigione rapida o meno, gli era appena stata scopata la gola con violenza. Gabriel si affrettò a prendere una tazza, e quando Alec tornò a respirare normalmente, gliela portò alle labbra e la inclinò, così che potesse bere. Alec lo lasciò fare, chiudendo gli occhi e bevendo di più quando Gabriel decise che era pronto. La tazza era piena circa per tre quarti, ma Gabriel non cercò di passargliela, lo tenne semplicemente diritto e lo aiutò a bere in perfetto silenzio per i pochi minuti successivi. Alec aprì gli occhi, sbattendo le palpebre quando finì, scoprendo l'alpha a osservarlo.

«Okay?» ripeté Gabriel, che lo stava ancora stringendo per la vita, con le ginocchia piegate di Alec tra le proprie.

Lui annuì, abbassando lo sguardo per evitare i suoi occhi e beccandosi la bella immagine dell'uccello di Gabriel, ancora lucido della sua saliva e forse delle sue lacrime. E lui era *venuto* per quello. Solo per quello.

Gabriel non ne era convinto, ovviamente. Aveva ignorato le bizzarrie più palesi della mente di Alec, così che lui stesso non ci si potesse concentrare, ma non gli sarebbe sfuggito un vero turbamento. «Cazzo, ho fatto casino...»

Alec alzò la testa di scatto, con la bocca aperta per negare. Però non sapeva se voleva negarlo. Gli era piaciuto, gli... l'aveva *adorato*. Ma era quello il problema, no?

«Io...» Non poteva ammetterlo. Gabriel doveva saperlo, doveva essere in grado di fiutarlo, e si sarebbe offerto di dargli una mano se avesse pensato che non era venuto.

Gabriel tirò indietro le mani premendole piuttosto goffamente contro il bancone dietro di sé. Ad Alec non rimase che aggrapparsi ai suoi vestiti e si costrinse ad alzare gli occhi per cercare qualche indizio. Il viso di Gabriel era privo di tutta la sua naturale affabilità. Pareva quasi inespressivo, ma Alec poteva vedere le sue pulsazioni accelerare nella sua gola. Era... preoccupato? Spaventato?

«Vuoi che ti aiuti ad alzarti?» chiese in un mormorio controllato.

Alec annuì, senza capire molto la sua reazione. Però voleva davvero togliersi dalle piastrelle fredde, le sue ginocchia stavano iniziando a protestare. Gabriel mantenne la parola, facendolo alzare con una grazia disinvolta che sembrò quasi impossibile per qualcuno che negli ultimi minuti era stato raggomitolato sul pavimento gelato. Una volta in piedi, le mani di Gabriel gli diedero un'ultima stretta prima che lui si facesse da parte. Per un istante, Alec non fu sicuro di essere abbastanza stabile da rimanere in piedi da sé. Gabriel era ancora abbastanza vicino da raggiungerlo. Ma non fu necessario: la mente di Alec stava annaspando, però il suo corpo sapeva il fatto suo.

«Dovrei...» Ancora una volta, Gabriel smise di parlare. Non si stava muovendo, o distogliendo lo sguardo. «Alec, riesci a parlare? Di' solo una parola.»

Prima dovette deglutire, ma alla fine ci riuscì. «Riesco a parlare.» La sua voce era roca, ma niente di preoccupante. Sarebbe tornata completamente a posto in un quarto d'ora.

Gabriel annuì, come se gli fosse stato confermato qualcosa. «Mi dispiace.»

«Per cosa?»

I suoi occhi guizzarono brevemente su di lui, poi sospirò e gli diede le spalle. «Ho fatto casino, ho perso il controllo.»

«Tu... no, non l'hai fatto,» rispose Alec. Ne era certo, nonostante l'occhiata incredula di Gabriel. «È stato... è stato intenso, però ti saresti fermato se io te l'avessi chiesto.»

Gabriel aveva l'aria di volerlo scuotere, però si trovava ancora troppo lontano per toccarlo. «Alec, hai *tirato indietro*.»

«Sì, ma...» Si bloccò. Era una questione seria, non poteva lasciare che la timidezza o l'imbarazzo si mettessero in mezzo. «Ma sono venuto,» disse infine. Era una fortuna che l'udito di Gabriel fosse molto fine, perché un mormorio fu tutto ciò che riuscì a produrre.

«Non significa che lo volessi.» Il suo tono era feroce.

Alec serrò gli occhi, anche se sapeva che Gabriel non era arrabbiato *con lui*. «Però l'ho *fatto*.» Dovette chiudere la bocca dopo quelle parole, per evitare di avere un conato. Non poteva credere di averlo detto. Non poteva credere che fosse vero.

Gabriel non aveva una risposta a quello; Alec poteva sentire il suo stesso respiro riecheggiare per la stanza. L'intero locale odorava di sudore e sesso.

«Perché sei così turbato allora?» chiese Gabriel, dopo quello che sembrò un silenzio lungo una vita.

Con l'incredulità che lottava contro il disgusto, Alec si voltò a guardarlo. «Perché mi disturba essere appena venuto mentre mi scopavi forte la bocca?»

Gabriel si tese visibilmente a quelle parole, ma la sua espressione si stava addolcendo facendosi confusa. «Non sei arrabbiato con me? Sei turbato perché ti è piaciuto?»

«Non avrebbe dovuto piacermi!» Scattò, essendo arrivato davvero oltre il limite. Lì c'era Gabriel, che faceva il martire e si scusava per qualcosa che lui...

«Oh, per la luna e le stelle, Alec, non puoi controllare quello che ti eccita,» spiegò, quasi con gentilezza. «Ma io non avrei dovuto farlo. Non ho... Non stavo pensando se ti sarebbe piaciuto. Ho solo... Non potevo fermarti.»

«È perché sono un beta? Pensi che non importa perché non sono...»

«No,» rispose fermamente Gabriel. «È perché sei una *persona*, e io ero fomentato dalla luna e ti ho costretto a fare qualcosa che non volevi. E sono venuto. *Questo* è malato. Tu non hai fatto male a nessuno e non hai sbagliato niente. Dai, sei troppo dannatamente intelligente per non capirlo!»

Alec esalò, puntando gli occhi sul frigo con la sua collezione di magneti che bloccavano uno sconcertante numero di menù d'asporto. «Devo andare.»

«Alec...» iniziò a dire l'altro, ma non finì la frase, e non lo seguì quando Alec recuperò il cappotto e le scarpe. Alec fece finta di non sapere che lo stesse osservando e poi Gabriel andò effettivamente nell'unica altra stanza dell'appartamento, il bagno, e lo lasciò rivestire in pace.

Una piccola parte di lui non poté impedirsi di preoccuparsi che avrebbe cambiato idea e sarebbe uscito di lì, ma ovviamente non lo fece, Gabriel non era niente meno che deciso.

Probabilmente non lo avrebbe più rivisto dopo quell'episodio.

Capitolo Nove: Passato Recente

Alec fissò il messaggio davanti a sé. L'unico maschio omega del branco di Riverside aveva appena risposto alla sua e-mail riguardo il questionario. L'e-mail non diceva molto, l'uomo era sulla cinquantina e probabilmente non considerava lo scambio di e-mail come una forma di comunicazione. Eppure le poche righe erano educate e andavano dritte al punto; aveva allegato il questionario completo che lui aveva creato per gli omega.

Temeva quasi di aprire il file, se non avesse contenuto le informazioni di cui aveva bisogno, sarebbe tornato al niente. Aveva già ricevuto parecchi questionari da parte di femmine omega del Riverside e da altri branchi, ma i maschi omega erano più rari e apparentemente più difficili da coinvolgere in una ricerca scientifica. Paul aveva acconsentito a farlo solo come favore per il nipote preferito del suo compagno. Alec non lo aveva mai incontrato e lo zio di Gabriel aveva messo in chiaro che non avrebbe dovuto contattarlo in altro modo se non attraverso l'e-mail. Ray probabilmente non era interessato a discutere con altri alpha, ma Alec non riusciva a immaginare nessuno di loro dargli regole riguardo a chi poteva parlare con lui.

Forse Gabriel avrebbe dovuto trovarsi lì per quello, ma lui era già abbastanza nervoso così, senza l'alpha presente dietro le spalle, accidentalmente appoggiato contro la sua schiena mentre lui cercava di concentrarsi.

Il documento impiegò mezzo secolo a caricarsi mentre Alec pregava la luna e tutti gli dèi di cui aveva mai sentito parlare che la formattazione non fosse andata a puttane o che i dati non si fossero corrotti in qualche modo. Esalò tremante quando vide il modulo familiare pieno di nuove informazioni.

Avrebbe dovuto leggerle in ordine, era la giusta maniera di procedere, invece scrollò giù fino alle domande sui cicli di calore. Se non aveva fatto le domande giuste...

45. Secondo la tua esperienza, quanto tempo passa dal parto al calore successivo? Varia a seconda del numero di figli nati? *All'inizio era circa quattro mesi, ma è aumentato con l'età. Non saprei dire se il numero di bambini sia importante.*

Dannazione, pensò Alec, avrebbe dovuto chiedergli di specificare quanti figli aveva avuto ogni volta. Forse aveva continuato ad averne uno per ogni alpha ogni volta, ed era per quello che non sapeva rispondere, o forse davvero non faceva differenza... Forse Gabriel lo sapeva o poteva scoprirlo senza doverlo chiedere all'omega. Adele probabilmente non si sarebbe rifiutata di elencare i suoi fratelli.

46. I tuoi alpha hanno mai affermato che il loro lupo non fosse interessato ad accoppiarsi? Quando? In che circostanze? *Durante la gravidanza avanzata.*

47. L'allattamento è risultato un metodo contraccettivo efficace? Se sì, per favore, rispondi in dettaglio. *Ho allattato tutti i miei figli per otto mesi, quindi non saprei dire se faccia differenza. Non mi ha impedito di concepire quando sono entrato in calore, ma ho sentito da femmine omega, che hanno smesso prima, che i loro calori sono tornati in anticipo rispetto al previsto.*

48. Se hai più di un compagno, hai mai concepito con solo uno di loro? Se sì, qual è stato l'effetto che ha avuto su ciascuno, da un punto di vista istintivo? Lui era interessato al sesso, ma non aveva bisogno di farlo sempre.

Proprio in quel momento, Gabriel bussò alla sua porta per chiedergli della cena. Alec gli disse di entrare senza distogliere lo sguardo dal report, poi chiuse lo schermo di scatto quando registrò davvero che era nella sua camera.

«Qualcosa non va?» chiese Gabriel. «Ti ho beccato a guardare un porno o una cosa del genere?»

«Uhm,» Alec dovette deglutire. Aveva la bocca secca, come lo erano i suoi occhi. Non riusciva nemmeno fingere un sorriso. Guardò fuori dalla finestra ma era ancora troppo vicino all'inverno perché potesse intuire molto altro, oltre che erano passate le cinque. «Non lo so.»

Si sentiva come se, in qualche modo, stesse osservando la situazione invece che vivendola; c'era del surreale sia in Gabriel che in ciò che lo circondava che non poteva spiegare. L'ultima domanda...

«Be', alzati,» disse Gabriel. «Dobbiamo preparare la cena per tempo e per come stanno le cose, avrai bisogno di una mano.»

«Me ne sono totalmente dimenticato,» ammise Alec, mettendosi in piedi. Ci avrebbe guardato dopo cena, decise. Non poteva ancora esserne sicuro. Non... non era un dato di fatto finché non controllava una volta e poi due. «Non riesco nemmeno a ricordare se ho pranzato.» Come ispirato dalle sue parole, il suo stomaco brontolò.

Gabriel si trovava appena fuori dalla porta, intento a esaminarlo con attenzione, ma non aggiunse altro mentre lo guidava verso la cucina. Tirò fuori un piatto e infilò un paio di fette di pane nel tostapane, poi raggiunse il frigorifero per prendere prosciutto e formaggio. Era per lui, realizzò Alec, mentre Gabriel spalmava del chutney alla cipolla su una fetta. In qualche modo, Gabriel sapeva esattamente ciò che gli piaceva in un panino.

Riuscì ad andare al lavandino, lavarsi le mani e riempire il bollitore per del tè prima che Gabriel finisse.

«Vieni a sederti,» disse, mettendo il piatto sul tavolo. «Farò io il tè quando l'acqua sarà pronta.»

Alec voleva protestare, era in grado di preparare del *tè*, anche se apparentemente era riuscito a non bere o mangiare per ore, mentre si stava concentrando, ma era troppo faticoso. Si accomodò e lasciò che Gabriel preparasse le tazze.

«Quindi, cosa preparo per cena? Dovrei controllare il freezer o avevi qualcosa in mente?»

Alec masticò e deglutì, sentendosi come se il cibo fosse letteralmente energia che gli veniva versata dentro. Gli ci volle un momento per trovare una risposta. «Ci sono del pollo e dei peperoni per fare i rotoli di fajita. E le cipolle.»

Gabriel tirò fuori le cose dal frigo e dalla dispensa e iniziò a lavare e a preparare. Alec non aveva nient'altro da guardare, perciò non era come se lo stesse fissando. Tecnicamente, faceva da supervisore.

E poi smise di essere un tecnico, buttò giù il suo tè e si alzò in piedi. «No, non così sottile, non vogliamo che le verdure si inzuppino.»

Non era uno che guardava le altre persone lavorare quando lui sapeva fare di meglio. Si avvicinò a Gabriel e gli afferrò la mano che teneva il coltello. «Lascialo a me e va' a pelare delle patate per fare le patatine.»

La mano di Gabriel era ferma nella sua e Alec mollò la presa, realizzando di averlo immobilizzato. Alcuni alpha gli avrebbero staccato la testa a morsi per aver osato controllare i loro movimenti. Gabriel si limitò a dargli una spintarella con il proprio corpo e gli porse il coltello. Avrebbe potuto lasciarlo altrettanto facilmente sul tagliere, ma dopotutto *Alec* avrebbe potuto chiederglielo.

Lui lo prese, acutamente consapevole delle loro dita che si sfioravano e della scia ricca e dolce che emanava la pelle di Gabriel. La stessa scia che in passato aveva imparato ad associare a degli orgasmi incredibili. Finse di non udire il proprio battito accelerare e, cosa più importante, che Gabriel non fosse perfettamente consapevole di cosa stesse provocando in lui standogli così vicino. Non poteva controllare quelle reazioni, però non avrebbe reso le cose imbarazzanti cercando di parlarne.

Mise giù il coltello e attraversò la cucina, rendendosi conto, solo all'ultimo minuto, che la dispensa delle spezie si trovava lì. Gabriel si mosse alle sue spalle, tirando fuori le patate e aprendo l'acqua per lavare via la terra prima di pelarle. Alec si concentrò a recuperare paprika, chili, aglio, cumino e curry e a riportarli indietro. Non era una ricetta difficile, o almeno non lo era quando riusciva a prestare un minimo di attenzione.

Iniziò a tagliare il resto di quello che Gabriel aveva lasciato, e ce n'era un bel po'. Era più calmo quando Gabriel alzò gli occhi dal proprio lavoro e gli chiese che tipo di patatine volesse. Lui gettò uno sguardo al lavandino. «Ma non hai finito.»

«Ho solo bisogno di una pausa,» rispose l'altro. «Ti va bene, Alec?»

«Uhm, sì, scusa,» disse subito Alec. «Pensavo... Non importa, avremo bisogno dell'intero sacco, ecco tutto. Tagliale delle dimensioni di circa un dito.» Alzò la mano per mostrare ciò che intendeva e Gabriel avanzò e lo afferrò per un pollice, esaminando le falangi abbastanza a lungo da far correre il cuore di Alec a una velocità impossibile.

«Okay,» commentò calmo Gabriel, lasciandogli andare la mano come se toccarlo così casualmente fosse la norma. Alec si chiese se fosse un promemoria del fatto che *lui* non era autorizzato a toccare l'altro... Forse, tutto il tempo che stavano passando insieme per accaparrarsi volontari per la ricerca, stava confondendo entrambi, o confondendo i loro lupi. Gli animali non avevano un chiaro senso del tempo, o almeno non gliene fregava nulla, ma identificavano gli individui dall'odore indipendentemente da quanto tempo era passato dal loro ultimo incontro. Quindi, per il lupo di Alec, Gabriel era ancora l'uomo che lo aveva... Allontanò con veemenza la mente da quella linea di pensiero: il lupo poteva non essere in grado di percepire il confine che poteva essere ridefinito tra amici e amanti, ma Alec era molto consapevole di cosa significassero ora l'uno per l'altro. Non solo, aveva bisogno di Gabriel per completare la ricerca. Senza di lui, non sarebbe mai riuscito a persuadere Paul a parlargli, tanto meno rivelargli quella quantità di dettagli...

Si ritrasse quando la lama del coltello lo tagliò, tirando indietro la mano con un gemito di dolore e succhiandosi forte il dito sanguinante.

Gabriel gli fu di fianco in un istante. «Che è successo?»

Alec tirò fuori il dito dalla bocca, più imbarazzato per via della saliva che per l'incidente. Il taglio si stava già rimarginando di fronte ai loro occhi. «Stavo solo pensando, e... non importa. Lasciami solo lavare le mani.»

Gabriel si spostò di lato, ma non tornò al proprio bancone. «Riguarda quello che stavi leggendo?»

«Cosa? Be', è interessante,» rispose. Era vero, il che era importante perché Gabriel sarebbe stato in grado di intuire il contrario. «Però sono un sacco di informazioni, e io devo scoprire qualcosa di davvero specifico, quindi...»

Gabriel annuì, con aria ancora preoccupata. Alec lo capiva, più informazioni ottenevano, meno credeva che potesse esserci una spiegazione innocente per quello che stava accadendo a Ray, e almeno lui stava attivamente facendo qualcosa per risolvere il mistero. Probabilmente Gabriel stava impazzendo visto che aveva convinto un numero sufficiente di persone a partecipare e che ora potevano contare su di loro per promuovere la ricerca. «Ma se scopri qualcosa verrai da me, vero?»

«Sì,» disse subito Alec, senza rifletterci. E in realtà non aveva pensato di dirlo a Gabriel. Aveva solo pensato a scoprire la verità, non come gestirla. «Sì, non... non voglio dirlo a Ray da solo. Non preoccuparti, sarai il primo a saperlo.»

Quello fece sorridere Gabriel, con quella piccola curva affettuosa delle labbra che compariva quando uno dei piccoli faceva qualcosa di dannatamente tenero, come aggrapparsi alle loro gambe o tirare su col naso attaccati al loro collo. Alec sapeva che a Gabriel importava di lui, ma vedere quell'espressione gli fece anche un po' male, perché non voleva quella dolcezza, lui voleva...

«Finiamo questa cosa,» incalzò, distogliendo lo sguardo. «Le patate devono essere bollite per ammorbidirsi prima di metterle nel forno.»

«Sissignore,» rispose subito Gabriel, con un velo di divertimento sotto il tono da soldato.

I PICCOLI STAVANO INIZIANDO a mangiare solido quindi, con Josh che lavorava fino a tardi, ognuno di loro era occupatissimo a cercare di nutrirli mentre rubavano bocconi dai loro piatti. Era il caos, ma caos organizzato. E poi una nuova voce si levò in mezzo alla confusione. «Ma!»

La testa di Alec si voltò di scatto, eppure per un secondo non riuscì a capire chi fosse stato. Maria non lo tenne in sospeso a lungo. «Ma!» ripeté, con voce acuta ma ferma. Voleva chiaramente qualcosa, ma Gabriel si era immobilizzato davanti a lei, con un'espressione incredula sul viso.

Ray, che era di fianco a lui, impegnato a dare la pappa a Mikey, si alzò. Per la maggior parte del tempo, badavano tutti a ogni bambino ma quando cenavano ognuno dava da mangiare al proprio e Ray copriva chiunque fosse assente. Jamie emise un gorgoglio vicino ad Alec, trascinandolo fuori dallo stordimento, e lui gli porse un altro piccolo pezzo di pollo, che suo figlio deglutì piuttosto che masticare.

Tornò a guardare Ray, che era piegato verso Maria e le stava ripetendo quella parola. Lei gliela disse ancora una volta, ma poi ridacchiò soltanto, chiaramente compiaciuta per quelle attenzioni. Avrebbe compiuto otto mesi tra due settimane, ed era troppo presto perché lei parlasse, secondo i libri sui bambini che Alec aveva letto. Ma, ovviamente, quelli descrivevano gli umani.

Aveva misurato i tempi in cui completavano i puzzle e distinguevano le forme, però era difficile fidarsi di se stesso quando stava applicando conoscenze che aveva appreso in classe e dai libri, a bambini davvero reali. Quello, però, era inequivocabilmente un traguardo.

Jamie schizzò parte delle carote schiacciate che Alec era stato abbastanza stupido da lasciargli a portata di mano. Lui sospirò, tirando via le manine di Jamie così da poter spostare il piatto a una distanza più sicura. «E tu, Jamie, hai in programma di dirmi a breve che odi le carote?»

Suo figlio si voltò a guardarlo mentre parlava, felice e con occhi brillanti. Ovviamente non pronunciò nessuna parola, ma offrì ad Alec un pezzo di peperone rosso. Lui lo prese e se lo ficcò in bocca, il che fece comparire una smorfia disperata sul volto di Jamie.

«Oh, okay, scusa,» disse subito, e recuperò un nuovo pezzo da dargli. Jamie cercò di ingoiarlo come aveva fatto con il pollo e ci si soffocò. Alec balzò in piedi e gli diede una pacca abbastanza forte sulla schiena da farglielo sputare. Uscì facilmente, tutto intero, ma Jamie iniziò a piangere comunque. Alec lo slegò e lo prese subito tra le braccia.

«Sta bene?» Ray era tornato, era una presenza protettiva anche mentre tagliava del pollo e lo sistemava sul piatto di Mikey.

Alec annuì, cullandolo piano. «Non penso abbia ancora capito tutta la faccenda del masticare.»

«Oh, sì,» rispose Ray. «Succede, io ho dovuto insegnarlo a mio fratello minore, continuava a ingoiare tutto. È perché sono abituati a una dieta liquida.»

Alec desiderò avere una mano libera per stamparsela sulla faccia. Era un medico professionista, ma non gli era venuto in mente che un bambino non avrebbe saputo istintivamente come masticare.

«Passamelo,» chiese Ray, e Alec si girò per farlo senza nemmeno pensarci. In pratica, Ray aveva cresciuto i suoi quattro fratelli minori, sapeva ciò di cui stava parlando. «Tu puoi...?» Inclinò il capo verso Mikey.

Alec si occupò di tagliare il cibo di Mikey in piccoli pezzi, ma continuò a sbirciare verso Ray. Il suo omega stava tenendo la minuscola mascella di loro figlio con il palmo e stava inserendo un pezzettino di pollo tra le sue labbra, che Jamie accettò volentieri nonostante le recenti disavventure. Però Ray aveva il mignolo infilato in un angolo della sua bocca, proprio tra le gengive.

Alec si inclinò di lato per avere una visuale migliore: pareva che Ray stesse spingendo il pollice contro i dentini di Jamie, parlandogli con voce bassa e tranquillizzante. Usò l'altra mano per prendere il pollo dalla bocca del piccolo e lo premette contro le gengive, poi rimosse le dita e gli chiuse gentilmente la mascella sul pezzetto. Jamie si dimenò appena e Ray lo lasciò andare, accarezzandogli i capelli chiari. Alec non aveva mai apprezzato particolarmente i suoi, ma era orgoglioso delle sfumature di rosso nei capelli biondi di Jamie.

Se si fosse aspettato una magica trasformazione, ne sarebbe rimasto deluso. Però Ray non parve turbato quando Jamie ingoiò di nuovo il pezzo intero. Diede a Jamie del purè, poi ci provò di nuovo. Sembrava soddisfatto di ripetere quel processo per tutte le volte che erano necessarie, anche quando gli altri bambini finirono di mangiare e gli alpha iniziarono a sparecchiare. Alec si assicurò che Mikey avesse mangiato abbastanza prima di toglierlo dal seggiolone. Bavaglino a parte, era pulito. Josh era dannatamente fortunato; Jamie avrebbe avuto del cibo sui vestiti e nei capelli. Una volta, Alec aveva trovato un pisello nell'*orecchio* di suo figlio.

«Sei un bravo bambino,» disse a Mikey, stringendolo a sé. Il piccolo gli affondò il naso nel collo con un versetto soddisfatto, aggrappandosi alla sua maglietta mezza arancione. Sperò di non aver appiccicato del purè sui vestiti di Mikey; Marisa era subentrata nel turno del bucato e non avrebbe preso bene la loro disattenzione e l'aggiunta a un già considerevole carico.

«Grazie per la cena, Alec,» commentò Iesu, uscendo con una pila di piatti.

«Oh, uhm, Gabriel ha aiutato.»

Ciò fece bloccare Iesu abbastanza a lungo da gettargli un'occhiata. «Davvero?»

«Ah, sì, io ero... Stavo studiando e l'ho tipo dimenticato,» spiegò, cullando Mikey e desiderando che fosse più grosso, così da potersi nascondere dietro di lui.

«Be', suppongo che il vecchiaccio abbia dovuto imparare come cucinare per sé,» scherzò Iesu. Alec sorrise, più che altro per farlo andare via, ma si ricordò che Lara gli aveva detto che Gabriel aveva continuato a tornare a casa dei suoi per i pasti, dopo essersi trasferito nello studio. Forse Gabriel *poteva* cucinare, ma non lo faceva perché Alec aveva detto che gli piaceva e si era occupato della maggior parte dei compiti da cuoco. E ora c'era anche Marisa, però lei si limitava a dirgli cosa preparare e cosa doveva essere comprato. Lei poteva cucinare se necessario, ma aveva un sacco di altre cose da fare.

La ragazza aveva solo diciassette anni, e anche sapendo quanto fosse efficiente e capace suo fratello maggiore, era difficile credere che, una volta arrivata lì, avrebbe iniziato a gestire la loro casa come se niente fosse. Perfino Irina era felice di darle ascolto.

«Alec?» lo chiamò Ray.

Alec andò da lui, con Mikey caldo e al sicuro contro il suo petto. «Sì?»

«Hai visto cosa ho fatto?»

«Hai tenuto i denti separati con il mignolo, messo il cibo in mezzo, e poi hai tolto il dito e chiuso la mascella sul pezzo, così che potesse sentirlo sfaldarsi.»

Ray lo fissò per un momento, poi rise. «Ehi, hai un'ottima memoria!»

«Grazie,» rispose Alec, sorridendo e cercando di non arrossire. Strusciò il viso contro i capelli di Mikey, soffici e setosi, e profumati di quella dolcezza comune solo ai bambini.

«Quindi, a ogni modo, se ci provi e lo fai a ogni pasto, per almeno un paio di volte, dovrebbe aiutarlo a capire.»

«Lo farò, grazie.» Occhieggiò Jamie, che ora stava usando la forchetta per disegnare sul purè che Alec si era dimenticato di pulire nell'angolo del tavolino. «Vuoi scambiare un bambino coperto di cibo con uno pulito?»

Ray guardò indietro verso Jamie, poi annuì, con aria sollevata. «Sì, penso che a questo punto tutto quello che indossi debba finire in lavatrice, quindi...»

Mikey rimase attaccato ad Alec per un momento, quando Ray cercò di prenderlo, ma poi Ray pronunciò il suo nome con dolcezza e qualcosa nel cervello del piccolo scattò e si ricordò che preferiva Ray a chiunque altro nell'universo. Alec non si offese, era così per tutti i bambini ed era solo naturale, dato che era sempre stato Ray ad averli tenuti al sicuro, anche se non potevano davvero ricordarlo.

Jamie non era sporco come al solito, forse perché Ray non aveva lasciato che mangiasse da solo, così quando gli tolse il bavaglino e gli pulì le mani con un tovagliolo, Alec poté prenderlo in braccio senza aggiunte alla tragedia che era la sua maglia. Forse aveva solo bisogno di un bavaglino per sé o di un grembiule; oppure di una tuta contro il rischio biologico. Non importava davvero: quando aveva il corpo pesante di Jamie appoggiato contro un fianco, non c'era molto a cui Alec non avrebbe rinunciato per vivere quell'esperienza. Lo fece sussultare un pochino e Jamie ridacchiò compiaciuto, spensierato e completamente ignaro di tutte le cose brutte di cui il mondo era pieno.

Se solo Alec avesse potuto sapere se sarebbe rimasto così.

«Vieni?» chiese Ray, interrompendo le sue riflessioni. «Il bagno dovrebbe essere pronto, quindi Iesu e Sergi dovrebbero essere fradici ora.» Alzò suggestivamente entrambe le sopracciglia. «È sempre un bello spettacolo.»

Alec rise, sorpreso dell'ottimo umore di Ray. Stava migliorando molto dallo... dall'incidente, e di recente era sembrato tornare a quell'umore più leggero. Era come se riuscisse ad apprezzare di nuovo le piccole cose, le disavventure divertenti della vita di tutti i giorni, i ragazzi sexy senza maglietta che venivano infradiciati da cinque bambini urlanti, le piccole gentilezze che si scambiavano tutti a vicenda senza aspettarsi un premio, il semplice affetto che nutrivano per lui.

E, se aveva ragione, Alec gli avrebbe tolto tutto quello. Di nuovo.

Capitolo Dieci: Passato Lontano

Ad Alec non piaceva ripensare a quella notte allo studio. Però gli andava bene pensare al sesso, a qualsiasi limite avessero superato, e il suo intero corpo concordava che fosse stato uno dei momenti più hot della sua vita sessuale.

Quindi se l'era squagliata. Era quello che aveva sempre fatto quando si sentiva sopraffatto e lo era stato tanto da non poter nemmeno affrontare di tornare a casa dai suoi.

Era arrivato a casa attorno alle sei del mattino e aveva fatto un cenno a Nathan, che non aveva mai fatto commenti sulla sua scelta di partner, dopo che lo aveva visto con Gabriel. Nathan aveva detto qualcosa che non aveva sentito e aveva stretto le spalle in risposta. In ogni caso, probabilmente gli aveva chiesto come stava. Come se lui lo sapesse, o potesse articolarlo.

E poi gli era arrivato il messaggio. Gabriel aveva aspettato due giorni interi per inviarglielo, ma non poteva tornare del tutto al suo tono affabile e disinvolto.

Stai bene? Posso farmi da parte, basta che tu lo dica. Mi dispiace davvero per quello che è successo.

Per un momento, Alec pensò sul serio di dire di sì. Gabriel aveva ragione, ovviamente, alla luce fredda del giorno Alec era troppo sveglio per non capire che era stato Gabriel a sbagliare, non fermandosi. Non importava che a lui fosse piaciuto, non importava quanto fosse stato imbarazzante. Gabriel avrebbe potuto farlo di nuovo, e probabilmente a lui sarebbe pure piaciuto di nuovo, e non sapeva quale di quelle opzioni lo spaventasse di più... Ma non poteva dimenticarsi completamente della meravigliosa pace che era scesa su di lui mentre lasciava che Gabriel gli fottesse la bocca.

E non riusciva del tutto a smettere di desiderarla mentre la sua mente ripensava ancora e ancora alle parole che aveva detto, a che aspetto aveva avuto, a tutti i milioni di modi in cui aveva fatto la cosa sbagliata, mostrato emozioni inappropriate... Esalò un respiro, costringendosi a concentrarsi sul problema in questione: Gabriel era un alpha e gli piaceva dominare durante il sesso, e la cosa lo aveva fatto sentire bene nella propria testa per la prima volta dopo anni. Anche due giorni dopo non riusciva a dimenticare totalmente quanto fosse stato piacevole sentire i propri muscoli rilassarsi, il proprio corpo che si liberava dalla tensione che tormentava le sue ore da sveglio da quando riusciva ad averne memoria.

Lo voleva.

Era l'opposto di quello che avrebbe dovuto desiderare. Nemmeno gli omega, che erano destinati a essere inclini alla sottomissione, avrebbero apprezzato di venire maltrattati come Gabriel aveva fatto con lui. Ma per lui era comunque così. E anche Gabriel lo voleva, anche se si sentiva in colpa per ciò che aveva fatto.

Non avrebbe avuto bisogno di sentirsi colpevole se Alec gli avesse detto prima di sì. Si sentiva come un drogato che accettava una dose, nel momento in cui si permise di acconsentire, e fu come se tutta la tensione lo avesse abbandonato. Appoggiò la testa sulla scrivania, incurante del portatile e degli appunti, e *respirò* semplicemente.

Sentiva di poterlo fare, finalmente.

SI RIPROMISE DI RISPONDERE a Gabriel prima di cena. Finì per cenare presto, perché era troppo affamato per poter aspettare altro tempo. Così lo fece.

Sto bene. Chiamami più tardi.

Non sapeva cosa intendesse per più tardi, e più ci pensava, mentre buttava la pasta nell'acqua bollente e apriva un barattolo di salsa, meno sapeva cosa avrebbe detto quando Gabriel avrebbe chiamato. Avrebbe potuto semplicemente scrivergli... ma di certo se avesse avuto l'opzione di fermarsi a metà, l'avrebbe colta. Si sentiva quasi male per via del bisogno che Gabriel sapesse, ma l'idea di *dirglielo* era terrificante. Era uno stallo di proporzioni epiche, del tipo solito che il suo cervello metteva su solo per la sua gioia.

E Gabriel era come la spada che tagliava la testa al toro.

«Ehi,» stava tentando di suonare disinvolto, ma Alec non si perse che sembrava più dolce del solito, non altrettanto arrogante.

«Ciao,» replicò.

«Oh,» commentò Gabriel. «La tua voce è tornata normale. Pensavo... be', ne sono felice.»

Se fosse stato lì a vederlo, Alec avrebbe alzato le spalle. Con la guarigione accelerata, si era fisicamente ripreso in fretta. Non era stato quello a impedirgli di parlare, comunque.

«Sì,» disse invece, il più evasivamente possibile.

«Senti, so che per te è difficile parlarne, ma io non... sono contento di non averti fatto male, e che tu non ti sia sentito...» Deglutì. Una piccola parte di lui voleva interromperlo, dire a Gabriel che gli aveva *effettivamente* fatto del male, che era quello il *punto*. «Sono felice che sia finita bene, ma questo non cambia che io abbia fatto davvero casino.»

«Lo so.»

Gabriel esalò un respiro, e quando parlò di nuovo sembrava *sollevato*. «Grazie alla luna. Pensavo che avessi perso la testa a un certo punto... Cazzo, okay, non intendevo dire questo. Mi dispiace più di quanto riesca a dirti, lo giuro. La luna era... No, aspetta, non è stata la luna. Sono stato io. Sono davvero, *davvero* dispiaciuto e se potessi sistemerei la cosa in qualsiasi modo. Se tu...»

«Sì,» Alec lo interruppe. Doveva farlo, non pensava di riuscire a spiegarsi, quindi doveva sfruttare ciò che Gabriel gli stava dicendo per esprimere il proprio pensiero.

«Sì?» ripeté Gabriel. Poi, quando lui non disse altro, aggiunse: «Sì... non smetterai di parlarmi?»

«Sì.»

«E vuoi continuare a fare sesso con me?»

«Sì.»

Esalò un respiro e Alec poté quasi vedere la sua abituale postura orgogliosa incurvarsi. «Okay, va bene. Sono felice. Ma... abbiamo bisogno di regole.»

Alec esitò. Non credeva di volere delle regole, però non poteva negare che forse ne avevano bisogno. Probabilmente Gabriel non avrebbe potuto provocargli danni permanenti, non importava quanto lo avesse soffocato, perché il suo lupo non avrebbe permesso a nessuno dei due di esagerare, ma riusciva a sentire quanto Gabriel fosse turbato al riguardo. Non era giusto chiedergli di farlo, nemmeno se lo faceva venire, se dopo doveva sentirsi di merda.

«Okay,» rispose.

Non disse altro. Se Gabriel voleva delle regole, avrebbe dovuto inventarsele lui. Alec non aveva delle basi su cui lavorare.

Però l'alpha sembrava fuori fase, insolitamente incerto. «Okay,» ripeté la risposta di Alec. «Allora io... dovrei metterle per iscritto? O vuoi discuterne?»

Le dita di Alec si strinsero sul telefono mentre il cervello si affrettava a cercare una risposta accettabile. L'unica cosa che gli venne in mente fu "no". Poteva acconsentire alle proposte di Gabriel, ma discutere sul serio i dettagli...

Quando non disse nulla, Gabriel aggiunse: «Sai che esistono dei contratti per questo tipo di roba?»

«Contratti?» gli fece eco lui, così sorpreso che la parola gli uscì senza che lo volesse.

Gabriel ridacchiò, non del tutto rilassato ma più vicino al normale. «Sì, lo so, è pazzesco, ma... in realtà, ha senso. In questo modo le cose sono chiare prima di iniziare e poi sapremmo entrambi che è sicuro.»

Sicuro... lo voleva. Era solo che non era Gabriel a preoccuparlo. Infatti, quando stavano insieme si sentiva più calmo che in qualsiasi altro momento. Sapeva che l'altro era felice di prendere il comando e che non gli importava quando lui non riusciva ad articolare i propri pensieri. Era facile lasciarlo scegliere, e lo faceva sentire... lo faceva sentire al sicuro, perché anche se si conoscevano soltanto da un paio di mesi, Alec sapeva che Gabriel avrebbe fatto la scelta giusta. Non sapeva perché riusciva a fidarsi di lui così tanto, più di quanto riusciva a fidarsi di se stesso. La sua mente lo tormentava di continuo per ogni singola decisione che doveva prendere, non succedeva mai quando si trattava delle decisioni di Gabriel.

Una parte di lui sapeva che era sbagliato; era un adulto e avrebbe dovuto decidere per sé. Ma un'altra parte, più grande, voleva troppo quel sollievo per curarsene. Non stava facendo male a nessuno, e Gabriel si sarebbe assicurato di non ferirlo.

«Scrivilo,» disse. Il cuore gli batteva veloce, ma regolare. Non che non avesse paura, ce l'aveva, tanto che la preoccupazione gli stringeva le interiora come in una morsa... Però era anche certo che Gabriel non l'avrebbe deluso. Presto, avrebbe visto il contratto e avrebbe scoperto ciò che Gabriel desiderava, cosa poteva avere. E forse, solo forse, sarebbe stato abbastanza.

Capitolo Undici: Passato Recente

Alec si assicurò che fossero da soli e che qualcun altro stesse badando ai bambini e si occupasse dei lavori di casa. Non poteva cambiare ciò che doveva dire, ma poteva accertarsi che Gabriel avesse dello spazio e della privacy per digerirlo. Alec poteva perfino lasciargli la propria camera se era ciò di cui Gabriel aveva bisogno.

«Io... ho una domanda,» esordì, proprio come aveva preparato. Non riuscì ad alzare lo sguardo e a incrociare gli occhi di Gabriel, non poteva nemmeno puntare gli occhi da qualche parte sul suo viso. Per una volta, non era che non volesse essere visto; aveva paura di ciò che avrebbe scorto sulla faccia dell'altro. «Non ti piacerà.»

«Okay,» disse Gabriel, dopo un momento di tensione. «Che cosa?»

«Riguarda Nicholas,» rispose Alec. Non voleva buttargli addosso la vera domanda. Sarebbe stato già abbastanza brutto fargli ricordare quel giorno.

Ci fu uno scricchiolio e quando Alec alzò lo sguardo, vide che Gabriel aveva schiacciato il cellulare nella propria mano.

Si alzò in piedi, allungandosi istintivamente verso di lui. «Cazzo, dammi...»

Gabriel lasciò cadere i resti del telefono, lo schermo rotto, la custodia in tre pezzi, sulla scrivania di Alec, e scosse il capo. «Chiedimi.»

Alec si immobilizzò, guardandosi le mani. Era spaventato. Non pensava che Gabriel avrebbe fatto male a *lui*, ma sembrava pronto a pestare *qualcuno*. Gli amici alpha di Nicholas erano tutti lontani dalla loro portata, però, quindi deglutì e si costrinse a dirlo: «Esattamente, cos'ha fatto Nicholas a Ray?»

Gabriel, affabile e forte, insuperabile esempio di alpha, voltò il capo dall'altra parte ed emise un acuto verso di dolore. Respirava affannosamente, con i pugni serrati e il corpo teso, come se stesse combattendo contro una grande entità determinata a metterlo in ginocchio. Vinse lui ma, quando parlò, fu chiaro che non era stato facile. «Lui... lui era sopra Ray.» Gabriel deglutì. «Si... si stava muovendo. L'ho visto solo per pochi secondi da lontano, e poi Ray è impazzito e...» Alec aveva così tanto bisogno di toccarlo da star male e si limitò ad appoggiargli una mano sulla spalla. Qualsiasi cosa. Qualsiasi cosa pur di levargli quell'espressione devastata dalla faccia. «Ray l'ha afferrato per la gola. Aveva sfoderato solo le unghie. Quando sono arrivato lì, era già dissanguato.»

Alec deglutì, con la repulsione e la soddisfazione che si mescolavano nella sua mente, e poi si ricordò perché aveva chiesto ed ebbe un conato, facendo un barcollante passo indietro e rovesciando quasi la sedia della scrivania.

Gabriel si raddrizzò di colpo. «Cosa c'è che non va?»

Ma Alec non riusciva ad aprire gli occhi. Aveva pensato di essere pronto a scoprirlo, di averne la certezza... ma si era sbagliato. Quello era peggio di qualsiasi cosa avrebbe mai potuto immaginare. Non erano solo i fatti, ma le infinite possibili conseguenze, tutte terribili, tutte ingiuste in modo straziante.

Gabriel lo prese per gli avambracci, scuotendolo una volta. «*Alec,*» chiese. «Respira. Respira con me.» Nemmeno lui sembrava calmo, ma comunque conosceva gli esercizi di respirazione, e Alec sapeva ancora come ascoltare la sua voce quando non esisteva nient'altro al mondo. Respirò. Dentro e fuori. Dentro e fuori finché il mondo non fu solo tutto rumore bianco e si ricordò di stare in piedi con le proprie forze.

Gabriel non lo lasciò andare, però. Neanche quando Alec alzò la testa e finirono abbastanza vicini da...

«Siediti.» Lo guidò all'indietro finché non trovò la sua sedia e non allentò la stretta finché non si fu accomodato. «Mi dispiace,» disse, indietreggiando e incrociando le braccia. Si gonfiarono contro il suo petto, ma ciò non nascose del tutto il fatto che si stesse abbracciando. «Non avrei dovuto dirtelo.»

Alec impiegò pochi respiri profondi per capire di cosa stesse parlando. Gabriel pensava che fosse la descrizione della... morte di Nicholas ad averlo fatto andare nel panico. Non voleva raccontargli la verità, non voleva che quella verità esistesse, ma non c'era verso che uscisse da quella porta senza che quel peso sulle sue spalle si aggiungesse al resto. Nemmeno se Alec non gli avesse promesso che l'avrebbe raccontato a lui per primo.

«Non è...» Dovette deglutire e puntare gli occhi sul proprio grembo per evitare di tremare troppo. Anche così, la sua voce era a malapena un mormorio. «Se... ha confermato la mia teoria su cosa non vada in Ray.» Si bloccò, stringendosi abbastanza da farsi male. Era quasi piacevole. Perché quello avrebbe fatto a pezzi Gabriel, e Ray...

«Non c'era la luna piena,» affermò Gabriel, ma nemmeno lui poteva rendere la cosa convincente.

«È stato abbastanza vicino,» ribatté Alec lo sguardo al pavimento. Si sentiva quasi a posto, troppo distaccato dal proprio corpo e dalla propria mente per soffrire.

Si aspettò altre proteste, una verità terribile come quella le meritava. Perché, se non ne fosse stato certo, era quello che avrebbe fatto lui.

Non ne arrivò nessuna.

«Sei sicuro?» chiese Gabriel, la voce quasi piatta.

Alec riuscì ad annuire. Non solo spiegava tutto il resto, ma combaciava perfettamente con il modo in cui Paul aveva detto che si era comportato il suo alpha quando era stato incinto del figlio di un altro. Aveva una sorta di senso malsano: un lupo alpha non aveva bisogno di stare in intimità con un omega che aveva in grembo il piccolo di qualcun altro. Il lupo probabilmente pensava che fosse responsabilità di qualcun altro proteggere e fare la guardia al suo compagno.

«Glielo dirò io,» disse Gabriel, suonando come se stesse ingoiando del vetro, determinato a farlo perché era la cosa giusta da fare. Sicuro di se stesso anche quando aveva fallito così totalmente. Quando *loro* avevano fallito così totalmente. Si voltò per andarsene.

«Gabriel...» chiamò Alec.

Gabriel guardò indietro, ma non parlò. Forse non riusciva più a trovare le parole. Forse sapeva che gli sarebbero servite per Ray.

«Non è stata colpa tua, lo sai, vero?» Non sapeva dove avesse trovato la forza di parlare, tantomeno di discutere di quello.

«Per favore, evita.» L'espressione di Gabriel si infranse, facendosi incazzata. No, non incazzata; sdegnosa. Non lo aveva mai guardato così prima e ad Alec servì un momento per realizzare che non lo stava facendo. Non stava incrociando i suoi occhi, stava guardando oltre la sua spalla. Perché la rabbia non era rivolta a lui. Era rivolta a Gabriel stesso. «Me ne sono andato e non sono nemmeno riuscito ad aiutarlo. Certo che è colpa mia. Non avrebbe mai dovuto essere rapito, come prima cosa. Avrei dovuto saperlo.»

«L'avresti saputo,» fece notare Alec, «se ti avesse scelto come Primo Alpha.»

Gabriel sogghignò. «Io? Dopo questo casino pensi che dovrei essere io il Primo Alpha?»

«No,» rispose Alec. «Ma se ne avesse avuto uno, quella persona avrebbe saputo che era in difficoltà. È per questo che i Primi Omega hanno legami reciproci. Sono in una posizione di potere e ciò significa che sono vulnerabili.»

«Stai dicendo che è stata colpa di Ray?» chiese Gabriel, con furia a malapena trattenuta che gli spillava dalle labbra.

«No,» replicò calmo Alec. «Sappiamo tutti di chi è stata. E il colpevole è morto.»

«Si meritava di peggio,» sputò Gabriel.

«Forse. Ma tu ti meriti di meglio... Tu e Ray. Avete fatto il meglio che potevate.»

Gabriel non rispose, lo guardò solo per un momento, poi sospirò. «Lo apprezzo, ma...»

«No,» lo interruppe Alec, alzandosi. Gli era quasi incomprensibile che pochi minuti prima fosse stato vicino alle lacrime, ma ora si sentisse a posto, ora che aveva associato numeri e dati, e non ad altre persone. Però stava dicendo la verità e aveva bisogno che Gabriel ci credesse. «Dico sul serio. Hai fatto casino e stai rimediando. Hai convinto degli *omega* a parlare a un *alpha* delle loro vite sessuali! E ora abbiamo capito.»

«Capito?» domandò Gabriel con disperazione. «Che Nicholas l'ha fottuto ancora più di quanto non avesse già fatto? Pensi che ci sarà grato di questo?»

Alec sussultò, abbassando lo sguardo. «È la verità.»

«È...» Gabriel deglutì rumorosamente. Voleva dire che non era abbastanza, Alec lo sapeva. Era vero anche quello, ma si trattava di quel tipo di fatto che tiravi fuori per fare male e Gabriel non era il tipo di uomo che usava le parole come armi. Si sottometteva a standard impossibili, ma non lo faceva con Alec.

«Lo è,» rispose infine. «Ma lo ferirà. *Io* lo ferirò.»

Quelle parole riscossero Alec dalla sua trance, fece un passo avanti e lo afferrò per le mani, aggrappandocisi forte. Gabriel si irrigidì, probabilmente sorpreso che un altro alpha lo stesse toccando in quel modo. Ma non si tirò indietro.

«Glielo diremo insieme,» si ritrovò a dire Alec, con la bocca secca e il cuore che batteva all'impazzata. Non riusciva a dire se fosse per la paura del futuro o del presente: in quel momento, Gabriel poteva tirare via le mani, poteva rifiutare non solo l'amore di Alec ma anche la sua amicizia.

Però non lo fece. Incrociò direttamente i suoi occhi, erano così vicini che le striature verdi nell'azzurro erano visibili, e annuì. «Okay.»

Alec annuì di rimando, poi allentò la stretta, abbassando gli occhi mentre si ritraeva, e Gabriel non aprì del tutto le mani; i calli duri gli accarezzarono le mani morbide.

Lui voleva alzare lo sguardo. Voleva... Ma non sarebbe stato giusto. Aveva pensato che non lo sarebbe stato mai più. Però, forse... ma non quando dovevano andare a dire a un uomo che entrambi amavano una cosa del genere.

«Josh è a casa? Dovrebbe stare vicino a Ray.»

JOSH NON ERA ANCORA tornato dal turno, ma Iesu gettò un'occhiata al viso di Alec e capì che qualcosa non andava. «Alec, che c'è?»

«Non può dirtelo.» Gabriel lo bloccò subito, dimenticandosi le solite buone maniere.

«Ma ha potuto dirlo a te?» chiese Iesu, più aggressivo di quanto Alec l'avesse mai sentito prima.

«Non dovevo dirglielo,» rispose, prima che quel litigio potesse sfociare in una vera e propria rissa.

«Riguarda i piccoli?» chiese Iesu e prese il sussulto di Alec come conferma. «Alec, lo giuro sulla luna, se stai tenendo...»

«Drag.» Era Sergi e la parola non ebbe senso finché Alec non realizzò che era rumeno. Pensò che potesse trattarsi di un nomignolo affettuoso, ma qualsiasi cosa significasse, Iesu si voltò di scatto verso di lui.

«Non capisci, loro...»

«Loro sono il nostro branco,» disse Sergi con fermezza. «Al branco non si parla così.»

Ciò scoraggiò Iesu tanto da farlo girare verso Alec, a denti stretti. «Mi dispiace ma, per favore, puoi dirmi cosa c'è che non va con loro?»

A quella preghiera, sentì come se qualcosa gli stesse strappando il cuore. Non conosceva Iesu così bene, ma era sempre stato gentile e sapeva esattamente quanto terrore stesse provando. «I bambini stanno bene. È...»

Gabriel si avvicinò e lo afferrò per un braccio. «Non farlo, sarà già abbastanza difficile così.» Si girò verso gli altri. «Lo saprete stasera, ma abbiamo bisogno che vi prendiate cura dei bambini. Pazientate un poco. Parleremo a Ray non appena Josh tornerà a casa.»

«Cazzo,» borbottò Iesu, coprendosi gli occhi con un palmo. In un battito di ciglia, Sergi gli si premette contro. Iesu si voltò in quell'abbraccio e si aggrappò d'istinto a lui, come quando si trasformava in lupo. Per un momento, tutto ciò che Alec riuscì a fare fu osservare la sua schiena curva, la tensione e il dolore e le braccia di Sergi che impedivano a tutto ciò di sopraffarlo. Era così geloso da sentirsi male. Voleva essere abbracciato anche lui. La stretta di Gabriel sul suo braccio aumentò e Alec alzò lo sguardo, incrociando i suoi occhi.

«Andrà tutto bene,» promise l'altro alpha. Sicuro e solido. Era tornato di nuovo se stesso.

Alec poté solo annuire.

Capitolo Dodici: Passato Lontano

Una volta che ebbe finito ogni progetto di gruppo e ogni gita, era tornato a casa per il fine settimana. I suoi genitori avevano voluto che tornasse per l'estate, ma lui aveva ottenuto un tirocinio in un'azienda farmaceutica in città, quindi avevano accettato come compromesso un sacco di visite.

Era giugno e si moriva di caldo – nessun riscaldamento globale un cazzo – in un modo che gli inglesi e gli edifici inglesi non erano davvero capaci di sopportare. Quindi erano rimasti tutti all'aperto, mangiando carne appena scottata su una griglia che nessuno voleva gestire.

E tra la folla che girovagava nel cortile sul retro, che quel giorno avevano occupato – si ospitavano a turno – una omega gli aveva sfiorato la mano.

Era stato come prendere la scossa e anche come fare sesso. Ma Alec avrebbe preferito un dolore acuto, come camminare su un pannello di vetro completamente nudo e beccarsi un milione di tagli invisibili, piuttosto che quell'intensa e improvvisa eccitazione. Aveva alzato lo sguardo e incrociato gli occhi sorpresi di una ragazza giovane, decisamente delle superiori, e gli ci era voluto un momento per riconoscerla come la figlia minore di uno degli amici dei suoi genitori. E poi aveva fiutato la sua scia, che era cambiata da appena floreale, di petali schiacciati, dato che la maggioranza dei licantropi trovava le scie umane disgustosamente forti, a inebriante e intensa, come sciroppo caldo su... Aveva fatto un instabile passo indietro anche mentre vedeva la consapevolezza sul viso di lei.

No, aveva detto a se stesso, al suo lupo. *No, non lo sono.* Ma anche mentre girava i tacchi e fuggiva dalla festa, diretto a casa sua, lo sapeva. Non ce l'aveva più duro, ma i suoi capezzoli lo erano, e non riusciva del tutto a mettere da parte quella sensazione da brivido che un singolo sfioramento di pelle aveva risvegliato. L'aveva desiderata, pensò, tremando anche dopo aver chiuso a chiave la porta della camera da letto. E, per la prima volta, non poteva chiudere fuori ciò che lo stava spaventando.

Per la prima volta, non era pensare alle altre persone che gli faceva martellare il cuore e sudare i palmi. Era lui. Il suo stesso corpo che lo tradiva ancora più profondamente di quanto avesse pensato fosse possibile, come aveva fatto il mondo. Non aveva mai provato altro che tenerezza per una femmina in passato, di qualsiasi rinomata bellezza, ma ora il suo lupo... Gli faceva venire la nausea. L'idea di affrontare ancora la cosa, di stare lì mentre il suo corpo *reagiva*...

Era troppo impaurito per trasformarsi, il che era la sua ultima risorsa quando si sentiva come se il cuore fosse sul punto di schizzargli fuori dal petto attraverso la gola, quindi si era raggomitolato sotto la scrivania, premendosi forte contro un lato per convincere il suo stupido corpo che era al sicuro, che niente poteva arrivare e attaccarlo da nessuna direzione.

Alla fine, aveva funzionato. Almeno, era riuscito ad alzarsi e ad arrivare alla macchina, guidando senza schiantarsi.

TI HO SCRITTO QUALCOSA, gli aveva inviato Gabriel e Alec aveva sentito una tale *furia* crescere in lui che non aveva nemmeno capito cosa stesse accadendo finché non aveva visto i pezzi del proprio telefono accanto al muro della sua camera da letto, lo schermo rotto, la batteria a metà della stanza, il rame in mostra... Dovette chiudere gli occhi a quella vista, sentendosi così in colpa per la perdita di controllo, che riusciva a malapena a respirare. Si inginocchiò a terra, respirando dentro e fuori più lentamente che poteva, mentre cercava di smettere di tremare. Non era nemmeno sicuro se fosse arrabbiato, o triste, o... Era così essere un alpha? Era quello il motivo per cui Gabriel aveva perso il controllo durante la luna piena?

Oh, dea, aveva in qualche modo innescato la propria presentazione di genere sottomettendosi in quel modo a un altro alpha? Se avesse saputo chi pregare per ricevere risposta, sarebbe stato in ginocchio ai suoi piedi. Ma non c'era nessuno. Non c'erano delle risposte. Nessuno si era disturbato a studiare come funzionassero i licantropi, sia in branco che da soli; a quale scopo quando i loro istinti gli dicevano cosa fare e comunque non si ammalavano mai?

Gli era stato detto così tante volte... e di tutte le cose di cui non aveva certezza, non aveva mai dubitato che gli dicessero una bugia. Invece era una stupida menzogna detta da gente troppo pigra per voler sapere qualcosa di più di sé, o per provare anche solo a cambiare la loro vita in meglio.

Era il motivo per cui Alec stava studiando medicina. Non conosceva, dopotutto, un singolo umano che volesse curare, e ora aveva bisogno di risposte ad ancora più domande. Non sapeva quanto a lungo poteva sopportare di non sapere, quanto poteva studiarli mentre si faceva domande su se stesso. E ora era perfino peggio perché non importava quanto fosse stato flessibile Gabriel... non lo avrebbe mai più toccato di nuovo, dopo quello.

Anche se avesse voluto farlo, il lupo di Alec non gliel'avrebbe permesso. Non nei modi in cui lui voleva essere toccato.

Era meglio lasciar perdere che rovinare tutto. Poteva essere un bel ricordo, poteva essere abbastanza sapere che era possibile sentirsi bene con un'altra persona. Non aveva bisogno che durasse per sempre, ne aveva avuto abbastanza.

I SUOI GENITORI SI erano infuriati che avesse lasciato la festa, e ancora di più quando aveva lasciato il territorio del branco ed era tornato in fretta nel suo appartamento.

E poi Christine doveva aver accennato qualcosa, perché sua madre l'aveva chiamato piangendo e mentre lui l'ascoltava in uno sbigottito silenzio, lei gli aveva fatto le congratulazioni per la sua rivelazione. Lui non aveva riagganciato, ma non era riuscito a proferire altro che monosillabi in risposta.

E non gli era importato. Perché, per la prima volta in vita sua, non era stato il deludente figlio il cui unico pregio erano i suoi voti. Era appena diventato esattamente ciò che lei aveva sempre voluto; e lui lo odiava. Ma un'intera vita passata a non essere abbastanza aveva lasciato Alec con sufficienti abilità di negoziazione da rendere chiaro che non sarebbe tornato nel branco finché non avesse ottenuto la laurea, quindi aveva almeno due anni di libertà ancora.

Gli era sembrato abbastanza, proprio come chiudere la porta e mettersi le cuffie con la musica così alta da danneggiare le sue orecchie sensibili, e gli era sembrato abbastanza la maggior parte dei giorni. Però non lo era. Poteva sfuggire al branco e agli omega vaganti con i loro feromoni, e poteva rifiutarsi di trasformarsi così che il suo lupo venisse relegato più in profondità perfino nella sua mente. Ma non poteva controllare del tutto i suoi nuovi istinti.

Alec era stato un ragazzino eccitato, ma non era *niente* rispetto a essere un alpha eccitato. Gli faceva desiderare di strisciare fuori dalla propria pelle, ma ancora peggio, gli faceva desiderare di toccare le altre persone. Gli mancava ancora di più Gabriel, e la parte peggiore era che non sapeva dire se gli mancasse il sesso o l'uomo.

Non sapeva cosa fosse più patetico: essere un alpha che si rifiutava di fare sesso, o essere un alpha che si rifiutava di farlo perché era innamorato di un altro alpha.

Quando recuperò il cellulare, c'erano altri sms. Li lesse, ovviamente. Non gettò via il telefono, lo lasciò solo cadere per terra di fianco al letto. Affondò il viso nelle coperte e realizzò di star cercando la scia di Gabriel solo quando odorò i detergenti floreali che i suoi coinquilini avevano lasciato sulla lavatrice.

Non pianse, e non strappò le lenzuola. Non rispose ai messaggi e non lo fece neppure più tardi, e dopo un paio di settimane passate a sentirsi come se stesse per precipitare in un burrone, avrebbe potuto richiamare davvero Gabriel e... cosa poteva fare: pregarlo? Offrirgli qualsiasi cosa se gli avesse dato una chance? Non importò, la macchina del gossip fece il proprio lavoro anche per un recluso come Alec, perché Gabriel smise di chiamare.

E allora lo seppe. Era finita.

Capitolo Tredici: Il Futuro

Aveva sentito Josh portare Ray dentro di nuovo molto tardi, quella notte. A giudicare dal rumore, si trovava in camera di Ray con lui, il che lo rendeva un po' più facile da sopportare.

Non di molto. Non c'era molto al mondo che potesse cancellare il dolore sul volto di Ray, il modo in cui aveva gridato in totale, inarrestabile rabbia, perché era l'unico modo in cui aveva potuto gestire l'agonia che stava provando... Gli sembrava che quelle parole fossero incise nei circuiti del suo cervello, indelebili ed eterne. Era già abbastanza difficile con i fallimenti quotidiani, ma quello... Chiunque ne sarebbe rimasto turbato, ma Alec non riusciva nemmeno a *pensare*. O meglio, poteva pensare. Non riusciva a smettere. A ogni singolo modo in cui Ray gli avrebbe intimato di andarsene, chiedendogli di tornare al loro branco d'origine e di lasciarlo in pace, e al diavolo il legame da compagni. E Alec l'avrebbe fatto. Doveva farlo, lo doveva a Ray e ancora di più dopo averlo profondamente deluso. Ma giusto o no, l'idea di togliersi degli strati della sua stessa pelle, finché non fosse rimasto nient'altro che ossa, la versione più debole di se stesso, e quella più vera...

Un colpo alla porta lo riportò d'un tratto alla realtà. Era nella sua camera (per ora) e niente di tutto quello era ancora accaduto. A giudicare dal silenzio nella stanza accanto, ipotizzò che Ray si fosse addormentato. Almeno i piccoli avevano smesso di piangere, potevano già percepire piuttosto chiaramente le emozioni più forti di Ray, anche quando lui non gli stava gridando addosso a squarciagola. Non aveva fatto alcuna differenza che Sergi, Iesu e gli altri beta li avessero portati tutti nell'ala dei beta, dove non avrebbero dovuto essere in grado di sentire loro quattro nemmeno se avessero alzato la voce.

Ovviamente, solo perché non era ancora accaduto non significava che non sarebbe successo presto. Anche la parte più razionale del suo cervello faticava a vedere come potesse superare la cosa senza pagare il proprio debito... Per un momento, considerò sul serio di nascondersi sotto la scrivania e fingere di non esserci. Poi la sua mente tornò alla realtà e realizzò che c'era Gabriel fuori dalla porta. Alec poteva udire il suo distintivo battito cardiaco dall'altra parte, non calmo come al solito ma nemmeno disperato come lo era stato...

Era ugualmente combattuto tra l'impossibilità di alzarsi dal letto e di parlare.

«Alec?»

La voce di Gabriel risvegliò di colpo qualcosa in lui.

«Avanti,» disse, con voce così soffocata che uscì come un mormorio.

Ma Gabriel era in ascolto. La porta cigolò mentre si apriva lentamente. Alec deglutì forte, però alzò lo sguardo. Aveva bisogno di sapere cosa stesse pensando Gabriel. L'altro alpha oltrepassò la porta, chiudendola e appoggiandocisi contro e, per la prima volta, fu lui a guardare altrove. Puntò lo sguardo al soffitto, esponendo il collo, le spalle rigide.

Era troppo bello da definire a parole, perfino quando stava soffrendo. «È andata bene,» disse sarcastico.

Alec non rispose. Non aveva molta energia e non c'era comunque una risposta giusta. Sospirando, Gabriel guardò di nuovo a terra. «Posso...?» Si leccò le labbra, gettando un'occhiata di lato. No, verso il letto.

Il braccio di Alec si protese in un invito. Non aveva consapevolmente deciso di farlo, ma ne valse la pena quando Gabriel sorrise. Stanco, ma sincero. Si fece avanti con esitazione, come se pensasse che lui potesse rimangiarselo.

Prima Alec non aveva notato il dubbio nei suoi occhi; era perché non c'era stato? Gabriel si fermò in fondo al letto, con un ginocchio che toccava il suo. Era quasi impossibile riconciliarlo all'uomo che lo aveva bloccato sotto di sé senza nemmeno chiedere.

Era stato così tanto tempo fa. Una vita.

Però lui non era una persona diversa. O se lo era, non era l'unico a essere cambiato. Alec lo tirò giù per la maglia con uno strattone deciso. Gabriel si sedette, facendo sussultare il materasso sotto il suo peso. Le dita di Alec si contrassero, desiderose di toccargli la pelle, ma Gabriel non lo stava nemmeno guardando.

«Non avrei dovuto lasciarti venire con me,» disse piano ad Alec.

Lui pensò a come non riuscisse a smettere di pensare alle maledizioni di Ray... Ognuna era come una pugnalata d'odio e di disgusto per se stesso. Immaginò di non averle sentite davvero, di essere protetto e schermato. Sapeva che Gabriel non avrebbe analizzato ogni parola tre volte all'ora per un mese. Però non poteva dimenticare l'espressione stoica che aveva tenuto di fronte a Ray, il turbamento che aveva nascosto, trasparente a tutti loro per il suo battito forsennato, o le linee sconfitte del suo corpo contro la porta di Alec. Si era avvicinato troppo; non poteva non notare il suo dolore, e non poteva vederlo senza desiderare di essere *lui* il suo scudo.

«No,» disse. «È stato giusto. Era il nostro lavoro... Dovevamo farlo insieme.»

Gabriel si voltò a guardarlo, con occhi socchiusi ma labbra appena dischiuse. Alec non distolse lo sguardo. Erano troppo vicini, ma nemmeno lui si spostò all'indietro. Rimase dov'era: coerente con le proprie parole, con i propri sentimenti. Gli faceva un po' male il petto e si stava sforzando di respirare normalmente; ma era al capolinea. Voleva sapere. Immaginò che fosse trapelato dal suo viso, insieme a tutta la sua paura e l'incertezza, il puro terrore di correre un tale rischio, ma non guardò altrove. Non si nascose. E poi fu troppo tardi perché Gabriel l'aveva fissato per troppo tempo per non aver visto. Alec esalò un respiro un po' tremante, quasi sollevato di aver superato il confine della sicurezza, della ritirata.

Gabriel deglutì, stringendo le labbra per un istante, in un modo che Alec non poté impedirsi di osservare. L'accenno di barba faceva sembrare la sua mascella delicata, più morbida di quanto lo fosse davvero, ma furono i suoi occhi a tradirlo. Alec non sapeva come avesse fatto a non vederlo per così tanto: erano lì, la fame, la solitudine. Quando parlò, la voce era roca: «Dimmi di fermarmi.»

Rimase così com'era, immobile, quasi sospeso nel tempo, e Alec non parlò; per un secondo, poi per due, finché non fu semplicemente troppo da sopportare. Pensò che potesse essere stato Gabriel a farsi avanti per primo, ma non poteva dirlo con certezza. Gli sembrò che il suo corpo stesse collassando su quello di Gabriel, la tensione nei suoi muscoli lo abbandonò così da non lasciargli scelta se non quella di aggrapparsi alle braccia dell'altro, mentre le loro bocche si schiacciavano una contro l'altra. Per un istante si sentì goffo e poi ancora di più, mentre il bacio si faceva profondo e irruento, fuori controllo, impossibile da controllare. Era come un'ondata che trasportava via tutto ciò che lo stava schiacciando: i pensieri che tornavano ancora e ancora, finché poteva a malapena sopportare di trovarsi nella propria testa, la paura che lo bloccava immobile, che lo tratteneva. Ogni cosa lo attraversava come una lama, dolorosa ma vera. *Una verità che poteva accettare, una verità che poteva dimenticare, anche solo per un po' mentre Gabriel gli mordeva la bocca.*

Perché non era solo lui, Gabriel si stava sforzando quanto lui, altrettanto agitato mentre le sue mani vagavano giù lungo la sua schiena. Troppo frenetico per quella scomoda posizione fianco contro fianco in cui erano. In un battito di ciglia, Alec si ritrovò ad aggrapparsi a lui quando l'insistenza di Gabriel lo spinse a sdraiarsi all'indietro sul copriletto. Anticipò il peso del corpo di Gabriel sul proprio, eppure l'altro alpha si era immobilizzato, tenendosi su e fissandolo dall'alto con espressione allarmata.

Alec si accigliò. «Cosa?»

«Pensavo... andava bene?»

«Mi hai solo sorpreso.» Alec allungò una mano e gli tirò la maglia, abbastanza piano da renderla una richiesta. Voleva che Gabriel lo baciasse ancora. Aveva bisogno di quel fiotto di pace tranquilla, dell'assoluta certezza che gli portava il tocco dell'altro.

Gabriel si chinò e lo baciò di nuovo, questa volta più piano
e stranamente esitante, finché Alec non gli tirò i capelli e alzò
un ginocchio, accogliendolo e aprendosi a lui. Gabriel gemette
e lo schiacciò giù, rendendogli difficile respirare. E non gli
importava, moriva dalla voglia già da troppo tempo. Strattonò
la maglietta di Gabriel, desiderando la sua pelle, ma l'altro
invece gli afferrò i polsi e li spinse contro il materasso,
facendolo inarcare a quella sensazione. Però quel movimento
spinse Gabriel a fermarsi di colpo.

Dopo un momento di immobilità, Alec aprì gli occhi per
scoprirlo sospeso su di lui, come se stesse aspettando il
permesso.

Alec corrugò le sopracciglia. «Cosa...?»

Gabriel espirò, poi rotolò di lato e si sdraiò al suo fianco,
lasciandolo freddo e del tutto conscio del proprio uccello e
capezzoli duri. Alec si mise seduto. Piegò un ginocchio e girò
il viso, cercando in qualche modo di coprirsi, anche se Gabriel
doveva averlo percepito e doveva aver fiutato quanto lui lo
volesse disperatamente. Ed evidentemente non provava lo
stesso, se si era fermato. Alec non riusciva a concentrarsi
abbastanza da decifrare il miscuglio della propria eccitazione e
delle loro naturali scie intrecciate. Aveva creduto di aver sentito
il cazzo di Gabriel indurirsi contro il suo fianco, ma forse
Gabriel poteva fiutare che ora lui era un alpha e non poteva
passarci sopra.

«Ti ricordi quel giorno nel mio studio?» chiese Gabriel.
La voce era rigida tanto quanto lui sembrava teso e a disagio.
Era come se tutto il peso che prima si era sollevato dalle spalle
di Alec fosse tornato, ancora più pesante malgrado quella breve
tregua.

La domanda fu così inaspettata che gli ci volle un momento per capire di cosa stesse parlando. Non che se ne fosse dimenticato, non l'avrebbe mai fatto. Era stato uno dei momenti più terrificanti e eccitanti della sua vita.

Solo che non era sicuro di essere più in grado di sostenere quella conversazione, non più di quanto lo era stato tre anni prima. L'altro alpha non sembrava disposto a continuare senza una conferma, quindi Alec gliela diede.

«Sì.»

«Non voglio fare di nuovo lo stesso errore,» spiegò Gabriel, lo sguardo ancora incollato al soffitto.

Alec dubitò di se stesso per un momento, ma in questo caso poteva fidarsi della propria memoria. Gabriel si era scusato fin troppo, e sinceramente, per essere diventato violento durante quel pompino, perché potesse avere un altro significato.

«Non lo farai,» disse. Suonava veritiero tra loro, ma sapeva di non avergli offerto alcuna prova. Non pensava che *Gabriel* ne fosse sicuro.

«Non deve per forza essere come allora,» continuò l'altro, ancora senza guardarlo. Alec si morse il labbro per impedirsi di protestare. Gabriel continuò: «Non mi aspetto che lo sia. Le cose sono cambiate.»

«Tu sei cambiato?» chiese Alec. Non osava molto parlare di sé, non quando Gabriel pareva quasi imbarazzato da tutta quella faccenda.

Gabriel si sedette e si spostò, come se non volesse stargli vicino mentre parlavano. «Spero di esserlo,» rispose piano.

«Okay, e sono passati tre anni...»

«No.» Quella parola non venne detta ad alta voce, ma c'era stata enfasi in essa.

Alec non fece domande, incerto se gli fosse permesso. «No?» incalzò, quando non poté più sopportare il silenzio.

«Non è... quello che ti ho fatto è stato terribile,» spiegò Gabriel. «Ma dopo che ne abbiamo parlato, ho lasciato perdere. Ho fatto i miei compiti, pronto a rimediare nei tuoi confronti. E pensavo... di essere cambiato. Però con Ray...» Si fermò e gettò un'occhiata ad Alec. «Non so se dovrei dirtelo,» ammise.

«Non sei costretto, ma se riguarda ciò di cui Ray ha bisogno...» Deglutì. «Pensaci: se hai fatto qualcosa... qualcosa che non gli è piaciuto, io sono sicuro di aver fatto di peggio.»

Gabriel scosse la testa, sospirando. «No, non l'hai fatto. Presumi sempre il peggio di te, ma la colpa è mia. Ho dato per scontato che avrebbe voluto essere dominato, perché è un omega...» Si voltò dall'altra parte. Non importava, Alec non aveva bisogno di vedere la sua faccia per udire il dolore nella sua voce. «Pensavo che gli sarebbe piaciuto, e non ha avuto scelta.»

Voleva dire qualcosa di confortante, offrirgli qualche attenuante, ma Gabriel *avrebbe* dovuto sapere che un omega si adattava a qualsiasi cosa un alpha gli chiedesse. Pensò a Ray sdraiato passivamente sotto di lui, che gli permetteva di spostarlo come preferiva così da poterlo scopare e poi andarsene. Era stata la cosa più simile a quello che aveva immaginato sarebbe stato essere un alpha quando la femmina omega lo aveva fatto scattare. La natura meccanica della cosa, il desiderio intenso di non fare male a Ray, anche quando era del tutto consapevole che, se non avessero fatto sesso con lui in circostanze controllate, sarebbe stato comunque costretto a farlo. A volte era stato troppo: dovevano scopare Ray quando acconsentiva a farlo, così che non l'avrebbero violentato.

Si erano tutti offerti di andarsene, e Ray aveva chiesto loro di rimanere. Ma solo perché tutti avevano detto di sì, non lo rendeva giusto. Non per Ray, e non per Alec. Ma era stato il meglio che avevano potuto ottenere.

«Cos'è successo?» domandò a Gabriel, non perché avesse bisogno di sapere, ma perché l'altro alpha aveva chiaramente bisogno di parlarne.

«Lui me l'ha detto.»

«Di fermarti?»

Gabriel annuì secco, continuando a rimanere lontano da Alec.

«E tu l'hai fatto,» completò Alec, senza alcuna traccia di dubbio nella voce. Forse non poteva smettere di dubitare di sé, ma non poteva neanche smettere di credere in Gabriel. Era una brava persona, e nemmeno le volte in cui faceva casino avrebbero cambiato la cosa.

Però con quella risposta sorprese Gabriel, tanto da fargli sollevare lo sguardo dal proprio grembo. Alec sostenne il suo sguardo, cercando di mostrargli che lo capiva, che sapeva che Gabriel aveva fatto del suo meglio. L'altro distolse di nuovo gli occhi. «Voleva che glielo chiedessi. Quindi l'ho fatto, ma non sapevo che fosse incinto, quindi per tutto il tempo in cui era gravido...» Esalò un respiro tremante, come se il ricordo fosse troppo doloroso da definire. «Come posso essere diverso da...?»

«Non farlo!» Alec lo interruppe subito. Balzò in piedi e lo afferrò per le spalle. Gabriel incrociò i suoi occhi più per lo shock che per indignazione. «Non *pensarci* nemmeno. Non sei per niente come *lui*. Se lo fossi, lo sarei anch'io, e Sergi e Iesu, e anche Josh.»

«Tu non lo sei,» concordò piano Gabriel. Come al solito, era disposto ad ammettere che Alec era umano, capace di compiere errori e di meritarsi il perdono, ma continuava ad aspettarsi di più da se stesso. «Però penso che a Ray sia sembrato così, alcune volte.»

Alec sospirò, sapeva che era successo, era sembrato così anche *a lui*. Non era stato per niente come quando Gabriel era stato rude con lui, con quel mix di adrenalina ed eccitazione. Quando aveva fatto quelle sveltine al buio con Ray, si era sentito come se stesse facendo ciò che doveva essere fatto, un compito fisico da portare a termine. Non aveva provato desiderio, o amore. Se si fosse permesso di ricordare che era affezionato a Ray, non sarebbe stato in grado di andare fino in fondo.

Eppure non era stato così durante la luna piena. Era stato vero per lui, allora. E aveva creduto che lo fosse stato anche per Ray, almeno finché non l'aveva visto ritrarsi sempre più in se stesso in quella che non poteva essere altro che depressione. E, apparentemente, a Gabriel ci era voluto molto di più per vedere oltre le reazioni fisiche che il tocco di un alpha poteva suscitare in Ray e capire che il loro compagno non desiderava davvero sottomettersi.

Era stato abbastanza difficile per Alec perdonarsi quella volta; Gabriel stava portando un peso ancora maggiore. Strizzò le spalle dell'alpha, sforzandosi di incrociare il suo sguardo.

«Lui ha detto di sì, ce l'ha chiesto,» ricordò a Gabriel. «So che non voleva essere un omega, ma questo non è colpa tua o mia o sua. Lui doveva farlo e noi ci siamo offerti di aiutarlo.

Ecco cos'è successo. Abbiamo cercato di andarci piano con lui, di non chiedergli troppo. Ed è stato troppo comunque.»

«E io non me ne sono reso conto,» sputò fuori Gabriel, così arrabbiato che faceva male sentirlo. Era infuriato con se stesso. Forse perfino...

«No, non l'hai fatto, e lui non te l'ha detto. E *io* non te l'ho detto.»

«Non era compito tuo dirmelo! Io sono quello che...»

Alec lo scosse di nuovo. «Era compito mio, sono anch'io il suo alpha. Ed era compito di Ray chiedere. Ma non potevamo farlo, proprio come tu non riuscivi a notarlo. *Noi* tutti abbiamo fatto cazzate. Però non l'abbiamo costretto. Non più di quanto lui abbia costretto noi.»

Gabriel non protestò, lo studiò soltanto. Alec stava respirando affannosamente ed era ancora chinato verso Gabriel. «Sei cambiato,» commentò l'altro, meravigliato.

Alec abbassò gli occhi sulle proprie mani, realizzando che Gabriel gli aveva permesso di scuoterlo senza obiettare. Si ricordò del modo in cui l'alpha l'aveva spinto nel vicolo, quando aveva osato palparlo durante il loro primo incontro. Ritrasse lentamente le mani e rimase in piedi di fronte all'altro. «Anche tu.»

Gabriel deglutì. «Non mi hai detto di fermarmi,» disse dopo un momento. Rimase seduto sul letto, lasciando ad Alec il vantaggio dell'altezza.

«Non voglio che ti fermi.» Le parole uscirono prima che potesse rifletterci. Quasi si perse come il respiro di Gabriel si mozzò, con il suo cuore che pretendeva attenzioni.

Gabriel si piegò in avanti, le mani strette alle lenzuola sotto le proprie cosce. «Allora devi dirmi che cosa vuoi. Ora. Io non... non posso scoprirlo tra un paio di mesi, o domani. Ho bisogno... ho bisogno di essere migliore di così.»

«Pensavo che ne avessimo già parlato,» si sentì dire Alec. Non era sicuro di cosa stesse succedendo. «Mi hai chiesto se avresti dovuto scrivere... il contratto. E io ho detto sì.»

«L'ho scritto,» rispose Gabriel dopo una pausa di un istante. «Però tu...» Alec represse un sussulto. Sapeva cosa fosse accaduto proprio dopo che Gabriel aveva redatto il contratto: Alec si era rivelato e aveva smesso di parlargli. «Tu non l'hai mai letto,» finì l'alpha.

Alec espirò, quasi in una risata. Se n'era lamentato così a lungo. «Lo so, credimi. Non ho potuto smettere di pensarci per...»

«Ma ti sei rivelato,» commentò Gabriel, rassegnato.

«Sì, e poi non potevo parlarti.» Guardò di lato, facendo uno strascicato passo indietro, come se Gabriel potesse dimenticarsi cosa avesse fatto, se non gli fosse stato vicino. Dimenticarsi ciò che era. «Ho pensato che non avresti voluto parlarmi. Una volta saputo.»

«Ti ho mandato dei messaggi.» Gabriel suonava quasi irritato.

Alec alzò le spalle. «Ho pensato che forse non lo sapevi ancora.»

«Oh, Alec, mi sono costretto ad aspettare per una settimana. *Volevo* che tu sapessi che ne ero a conoscenza. Però non volevo insultarti. Credevo...»

«Fermati!» Lo interruppe Alec. Se iniziava a pensare a cos'avrebbe potuto fare di meglio, non sarebbe mai stato in grado di interrompersi. «Io non... non capisco. Lo sapevi?»

«Sì,» rispose piano Gabriel.

«Ma... tu volevi... volevi...»

Gabriel si prese un momento per rispondere. «Volevo che leggessi il contratto,» disse.

«Ma perché?» chiese lui. «Voglio dire...» Indicò il corpo di Gabriel, aggraziato anche nella sua posizione incurvata. «Tu eri gay dichiarato e orgoglioso e io ero solo un tizio incontrato in un locale...»

Gabriel balzò in piedi così in fretta che Alec barcollò all'indietro. Però Gabriel non si fermò, afferrandogli un braccio in una stretta impietosa. «*Solo un tizio*?» ripeté. «Alec, da quando ti ho conosciuto, quella sera, non sono più riuscito a lasciarti andare. Pensi che mi divertissi a guidare per due ore diretto in città, quasi ogni week-end?»

Alec deglutì, all'improvviso incerto. Aveva custodito gelosamente le attenzioni di Gabriel, ma non ci aveva mai fatto conto. Non si era mai permesso di credere di poterlo fare. «Ma andavi sempre a ballare, era il tuo locale...»

Gabriel scosse la testa, continuando a non lasciar perdere. «Non lo facevo. Non dopo... non c'era motivo.»

«Perché erano degli umani...» suppose Alec.

La presa di Gabriel si strinse. «No! Non... senti, non fingerò che allora sapessi tutto. Però l'ho capito: mi piaceva, no, amavo maledettamente quello che facevamo a letto. Non è... non è mai stato così con nessun altro.»

Alec lo fissò dal basso, sentendosi più felice che mai e del tutto terrorizzato. Voleva chiedergli di ripeterlo. Di baciarlo di nuovo. Di smettere di parlare e tornare a ciò che funzionava così bene tra loro, a quella parte che lui non poteva incasinare. Però era troppo tardi per nascondersi. «Stai dicendo... che non volevi fermarti?»

«No,» rispose l'alpha lentamente, osservandolo con così tanta attenzione che Alec sentì il viso scaldarsi. «Non volevo fermarmi.»

«Gabriel...»

«Non *voglio* smettere.» Allentò di proposito la presa sul braccio di Alec, ma non lo lasciò ancora andare. «E tu?»

L'aria sembrava quasi bruciare mentre gli entrava nei polmoni e i suoi occhi stavano lacrimando un po' perché aveva smesso di sbattere le palpebre. Scosse la testa, abbassando lo sguardo. «Verde,» disse, quando riuscì ad avere abbastanza fiato per parlare. Sapeva che non aveva molto senso ma era incapace di spiegarsi in altro modo.

Con la coda dell'occhio, intravide il modo in cui l'espressione di Gabriel mutò per un istante, prima che comprendesse. Era vero: aveva fatto i compiti. Aveva riconosciuto il sistema del semaforo, capiva che "verde" significava "vai avanti".

Aveva detto che non voleva fermarsi, ma non farlo poteva significare un sacco di cose. Forse non aveva lo stesso significato per Gabriel, non importava quanto gli venisse naturale la dominazione, forse non riusciva a farlo con un altro alpha. Però se non poteva...

Avrebbe dovuto dirlo. Lui gliel'aveva chiesto e ora stava a Gabriel accettare. Era la verità, ciò che desiderava, forse era perfino ciò di cui aveva bisogno. Anche se Gabriel non ci credeva più, *Alec* sì. Era un sollievo talmente immenso saperlo, avere un punto fisso nell'universo su cui poter contare che non dipendeva da nessun altro... Voleva Gabriel in tutti i modi sbagliati per un alpha, e non avrebbe smesso di desiderarlo, anche se Gabriel non lo avesse rivoluto.

Alec alzò la testa e incrociò gli occhi dell'alpha. Poteva sopportarlo. Se non fosse potuto accadere, se Gabriel avesse pensato che ciò che Alec voleva era sbagliato...

Ma Gabriel stava già annuendo. Con occhi gentili, che contenevano una meraviglia che sembrava quasi magica. Alec non sapeva se prima non ci fosse stata, o se semplicemente non era stato in grado di vederla. «Lo vuoi ancora?»

Alec annuì di rimando, le pulsazioni gli martellavano troppo forte in gola perché potesse parlare.

«Cazzo,» disse Gabriel, conciso. Si chinò e gli catturò la bocca con veemenza, con più denti che labbra, premendosi contro di lui, tutto muscoli sodi e disperazione, e Alec gli si spinse contro altrettanto forte. Chiedendo di più. Senza parole, perché non le aveva. Non c'erano parole per quello, solo sensazioni. Eppure Gabriel capì, perché un momento dopo si ritrovò voltato e spinto giù sul proprio letto, con l'altro alpha che saliva su di lui prima di avere tempo di prendere un respiro. Era come se qualcosa fosse scattato in Gabriel; gli afferrò le mani e le sbatté giù, tenendolo per i polsi, strusciando l'erezione contro di lui e godendosi ogni gemito proveniente dalla sua bocca, come se sentire cosa gli stava facendo fosse fin troppo.

Alec si rilassò sotto di lui e chiuse gli occhi, mentre il suo corpo si arrendeva al volere dell'altro. Se il suo lupo era a disagio non ne diede segno. Gabriel gli baciò il collo, mormorando il suo nome come una preghiera.

No, non soltanto il suo nome. «Dobbiamo parlarne,» aggiunse Gabriel al suo orecchio, poi lo succhiò, le mani gli lasciarono andare i polsi per spostarsi su e giù lungo il suo petto, torcendogli i capezzoli un momento e aprendogli la lampo nell'altro. Non importava che non lo tenesse giù: Alec non si mosse. Muoversi aveva cessato di essere un'opzione quando Gabriel aveva indicato che voleva che lui stesse fermo. L'altro gli conquistò di nuovo la bocca, questa volta il bacio era più profondo e umido, come se volesse divorarlo. Come se non potesse averne mai abbastanza di lui. Alec non pensava che averne abbastanza fosse possibile.

«Alec,» disse di nuovo Gabriel, respirando affannosamente e suonando più perso di quanto l'avesse mai sentito. «Non voglio... non posso...»

Alec sbatté le palpebre, aprendo gli occhi. Non pensava di poter sopportare che Gabriel si fermasse di nuovo. Incrociò il suo sguardo direttamente e ripeté, quasi con forza: «*Verde.*»

Gabriel reagì come se fosse stato schiaffeggiato, oscillando un po' sopra di lui, poi espirò e annuì, tornando alla lampo di Alec. Non sprecò tempo con altre domande, gli diede solo una pacca sul fianco per fargli alzare il culo, così da potergli tirare via tutto. Alec obbedì, senza bisogno di pensarci.

Era arrossito e Alec ora poteva fiutare la sua eccitazione, ma l'altro non distolse lo sguardo da lui quando insistette: «Di' i colori, per me.»

Se la sua mente fosse stata più lucida, Alec si sarebbe lamentato, ma stava già diventando confuso, così semplicemente obbedì. Non importava se gli ordini non avevano senso, finché erano ciò che Gabriel voleva. «Verde. Giallo. Rosso.»

«Bene,» disse l'alpha, e Alec rabbrividì sotto il suo peso, eccitandosi così tanto e così velocemente che dovette serrare gli occhi. Gabriel si chinò e gli morse il lobo dell'orecchio, strofinando l'uccello duro contro il suo ventre scoperto. «Dimmelo.»

«Verde,» rispose Alec diligentemente.

L'altro gli alzò le ginocchia e diede un ultimo strattone, gettando l'intricato insieme di vestiti sul pavimento. Le gambe di Alec penzolavano ancora per metà fuori dal bordo del letto, ma sarebbe rimasto volentieri lì, a gambe divaricate, oscenamente esposto, se era ciò che Gabriel desiderava.

«Guardami,» ordinò l'alpha e gli occhi di Alec si aprirono come soggiogati. Non funzionava così, ovviamente, nemmeno i Primi Alpha potevano comandare gli altri alpha con la propria volontà. Erano solo loro due.

Gabriel lo stava fissando come se fosse ammaliato e Alec lo fissò semplicemente di rimando. Non poteva nemmeno sentirsi in imbarazzo, era già sprofondato troppo nella modalità rilassata in cui precipitava quando stavano insieme. Era come se il suo corpo avesse riconosciuto subito cosa stavano facendo e stesse reagendo in maniera appropriata. Quasi come d'istinto. Quasi come per riflesso, così naturale per lui che non aveva neanche bisogno di pensarci. Non esisteva nient'altro di simile al mondo: era qualcosa che non aveva bisogno di domande o risposte. Era solo vero. Era solo lui.

«Togliti la maglietta.»

Fu più difficile di quanto avrebbe dovuto, issarsi sui gomiti e mettersi seduto tanto da riuscirci, però ce la fece. Collassò di nuovo giù, con l'uccello che sussultò appena contro la sua coscia, e vide gli occhi di Gabriel seguirne il movimento. Quest'ultimo fece un singolo passo indietro e gli sollevò le cosce, spingendole in avanti e mettendosi tra le sue ginocchia. Non si fermò o fece domande, gli baciò uno dei testicoli prima di succhiarlo in bocca. La sensazione era indescrivibile, sia esaltante che terrificante. Il suo lupo interiore non reagì, se non esigendo di venire subito, cosa a cui Alec avrebbe contribuito volentieri se fosse stato capace di convincere gli arti a obbedire ai suoi comandi. Sapeva di stare emettendo dei suoni, ma Gabriel non gli prestò attenzione, lasciando un testicolo per giocare con l'altro, portandosi poi le sue ginocchia sulle spalle e afferrandogli il culo per aprirlo alla propria lingua. Il primo tocco delle sue labbra tra le natiche spinse Alec a inarcarsi sul letto, però le mani di Gabriel si serrarono dolorosamente su di lui, tenendolo bloccato mentre Gabriel spingeva la lingua contro il suo buco senza paura o riluttanza. Lo fece di nuovo e Alec dovette portarsi l'avambraccio davanti alla bocca per impedirsi di urlare. Il suo uccello sussultò, sfregando contro la pelle soffice e pungente della faccia di Gabriel, e Alec sentì un singhiozzo esplodergli dalla gola.

«Per favore,» pregò. Lo aveva detto senza riflettere ma una volta che quelle parole gli uscirono di bocca, non poté fermarsi. «Per favore, ho bisogno...»

Non realizzò che si era proteso verso di lui finché Gabriel non gli afferrò la mano e gliela spinse di nuovo giù. «No. Non sei ancora pronto.»

Alec affondò le dita nelle lenzuola, fregandosene se le unghie erano troppo lunghe e le stavano strappando. Però poteva sentire che Gabriel era serio. E quando l'alpha tornò a chinarsi tra le sue gambe e leccò una lunga linea sul suo perineo, le parole sembrarono finalmente fondersi in qualcosa che aveva senso. Non era *pronto*. Gabriel lo stava preparando. Ovviamente, seppe all'istante per cosa. Avevano giocato a quel gioco fin troppo a lungo.

Aveva aspettato per troppo tempo. La lingua di Gabriel si spinse contro il suo buco, bagnata e forte, pretendendo che si aprisse, e Alec tremò sotto di lui come se fosse stato fulminato, bloccato giù dagli ordini di Gabriel e dalle sue mani sulle cosce. E Gabriel non si fermò comunque, spingendosi di nuovo dentro, con le dita che affondavano nelle sue natiche per tenerlo aperto ed esposto mentre la sua lingua si infilava all'interno, sconosciuta e nuova e *non abbastanza*.

«*Per favore.*»

Le parole gli uscirono graffiandogli la gola, troppo forti tra i suoi respiri affannosi, e tutto ciò che ottenne fu che Gabriel si fermò. Quasi singhiozzò quando sentì l'alpha ritrarsi, ma non poté far altro che dirlo di nuovo. Non poteva spiegare di non aver voluto dire quello. Non aveva pronunciato la parola "rosso", e nemmeno "giallo" e non capiva perché Gabriel si fosse fermato.

Però Gabriel non aveva bisogno di una ragione per fermarsi; poteva fare tutto quello che voleva. Sembrava quasi impossibile, ma si costrinse a stare fermo anche quando l'alpha gli lasciò le gambe e si mise in piedi di fronte a lui, guardando il suo corpo nudo tremare sul letto, sul punto di avere tutto e niente. E poi si tirò via la maglietta, donandogli un'ottima vista della distesa del suo petto, i lunghi addominali abbronzati, i capezzoli turgidi rosa. Incrociò gli occhi di Alec quando emerse e sorrise, quasi timido, tranne che non c'era niente di neanche lontanamente riservato nel modo in cui si aprì il bottone dei jeans e abbassò l'intimo finché la sua erezione non spuntò libera.

Alec poteva intravedere la propria erezione con la coda dell'occhio, ma non riuscì a distogliere lo sguardo dall'uccello di Gabriel, rosso e duro e troppo grosso. Era come se potesse già sentirlo. Si ricordava il suo peso in bocca, e poteva immaginare... Per rimanere fermo, aveva le mani chiuse così forte da tagliarsi i palmi e poteva sentire il viso in fiamme. Eppure non riusciva del tutto a distogliere lo sguardo dalla figura dorata che torreggiava su di lui: indicibilmente bella e ancora presente. Una parte di lui voleva toccare Gabriel, ma l'altra aveva paura di farlo perché non sembrava reale. E se avesse allungato le mani e avesse trovato il nulla?

Non poteva spiegarlo. Non riusciva a immaginare cosa Gabriel vedesse, quando lo guardava. Alla fine, Gabriel si avvicinò e gli diede un colpetto sul fianco. «Spostati indietro.»

Alec strisciò più lontano, goffo e disperato, e così eccitato da non riuscire a vedere con chiarezza. L'altro salì sul letto e si sedette sulle sue cosce, prendendogli il cazzo così all'improvviso che Alec quasi venne. Ma Gabriel lo conosceva troppo bene e la sua stretta diventò quasi dolorosa. Lasciò ricadere la testa all'indietro, ansimando di desiderio ma ancora troppo senza fiato per pregarlo.

Alec non realizzò subito che Gabriel aveva allentato la presa e lo stava accarezzando in modo deciso. Una volta, due, e anche se c'era un po' troppa frizione, quando parlò, nulla poté fermarlo. «Vieni, adesso.»

Fu semplice, come se il suo corpo fosse stato preparato a farlo. Alec obbedì e fu solo la mano di Gabriel sulla sua bocca a soffocare il suo grido, mentre l'orgasmo lo attraversava come un fulmine. Gabriel tolse la mano e gli appoggiò il palmo alla guancia. Lui era ancora troppo lontano, ma la sua voce era gentile ora, anche mentre la sua mano gli spalmava il seme sull'uccello ipersensibile, stimolandolo finché Alec non gemette per chiedere pietà.

«Shh... Ottimo, sei stato bravissimo.»

Alec sbatté assonato le palpebre verso di lui, senza capire molto. Quello non era stato per nulla come quella volta allo studio, quando Gabriel aveva perso del tutto il controllo e gli aveva scopato la bocca. Ma, proprio come quella notte, Gabriel non gli aveva chiesto nulla, una volta che avevano iniziato.

Alec poteva parlare. Però ciò avrebbe significato fermarsi, e lui aveva già perso la testa venendo. Non sarebbe stato giusto smettere prima che anche Gabriel avesse il suo orgasmo. L'altro premette il proprio corpo contro il suo, la pelle bruciava come se avesse la febbre e i muscoli tesi per via di una forza a malapena trattenuta, eppure gli diede solo un bacio, quasi casto, sull'angolo della bocca, prima di tirarsi indietro.

«Girati.»

Ed era come se si fosse dimenticato di pensare perché, semplicemente, lo fece. Era sdraiato prono, tremando appena per la sensazione del copriletto contro il suo uccello sensibile, perfino prima di chiedersi perché. Gabriel gli aveva già separato le natiche, la pelle bollente lo fece rabbrividire mentre gli premeva l'uccello contro lo scroto. Gabriel lo fece di nuovo. «Dea, sei...» Si fermò e con palese fatica gli chiese: «Colore.»

La domanda lo sorprese abbastanza da bloccarlo. Deglutì per la bocca secca, aveva ansimato senza sosta per quella che gli era sembrata una piccola eternità, e gracchiò: «Verde.»

Gabriel si afflosciò quasi contro di lui, poi gli lasciò un bacio sul retro del collo.

Alec non aveva idea di cosa stesse parlando finché Gabriel passò la mano dal retro del suo ginocchio fino alla curva della natica sinistra, strizzandola come se gli piacesse il peso, e si ritrovò schiacciato giù. Era di nuovo eccitato. Gabriel non poteva vederlo, ma poteva *fiutarlo*.

Lo shock della cosa lo fece gemere, e Gabriel si chinò, coprendolo con il proprio corpo, schiacciandolo contro il letto. Qualcosa nel petto di Alec si allentò mentre l'alpha si strusciava di nuovo sulla sua coscia. Era troppo massiccio perché riuscisse a spostarlo. Non lottò. Ce l'aveva così duro da far male ma non poteva muoversi. Lasciò che i suoi occhi si chiudessero, che Gabriel dettasse i ritmi, le regole, i limiti. Aveva scelto le parole con cui fermarlo, ma nel profondo...

Gabriel gli portò la mano sinistra oltre la testa, poi quella destra, così in fretta da tirargli le spalle. Però quella punta di dolore sparì quasi subito quando una delle mani enormi di Gabriel si chiuse attorno ai suoi polsi, senza stringere troppo ma bloccandoglieli sul materasso per tenerlo fermo. Non che avesse potuto muoversi con l'intero peso di Gabriel su di sé, ma quella pressione gli faceva comunque girare la testa. Voleva...

Il cazzo di Gabriel gli premette contro la parte inferiore della schiena e non poté impedirselo: sobbalzò violentemente sotto di lui. Ma aveva avuto ragione, i suoi sforzi non valsero a molto. Gabriel gemette, godendosi palesemente il contatto pelle contro pelle. Alec ansimò forte contro il materasso, mezze parole che gli uscivano di bocca. Non sapeva cosa volesse, o di cosa avesse paura. Gabriel si immobilizzò, dandogli il tempo di obiettare, ma lui non sapeva *a cosa* avrebbe dovuto obiettare. Era già accaldato e sudato, il cazzo gocciolava ovunque sul copriletto perché non l'avevano nemmeno scostato. Tutto ciò che riusciva a percepire era Gabriel su di sé, che lo teneva fermo, inchiodato, intrappolato. *Intero.*

E lo stava facendo anche a pezzi. Sentì le ginocchia dell'altro contro i fianchi, i peli soffici e i muscoli sodi, e poi una mano scivolò tra le sue natiche. Era bagnata. Per un momento, il suo cervello cercò di capire come la saliva di Gabriel non si fosse asciugata, e poi, quando le dita dell'alpha si infilarono nello spazio stretto dove una volta gli aveva permesso di spingere il cazzo, capì. Non era saliva, era seme. Seme di Alec. Sfregò il suo buco, facendolo rabbrividire e inarcare mentre i suoi nervi prendevano vita tutti in una volta, Alec si spinse contro di lui poi si allontanò. Gabriel si chinò ancora più vicino, leccandogli la pelle delle scapole, poi lo morse piano. Il secondo morso fu più forte, ma Alec lo notò a malapena; Gabriel stava spingendo la punta di un dito dentro di lui, scivolando dentro facilmente, aiutato dal suo stesso sperma. Era quasi come se lui fosse *bagnato*.

Gemette, le cosce intrappolate cercarono di sollevarsi sotto il suo amante, le dita si contrassero nella presa di Gabriel. L'altro si fermò. Alec strinse i denti per quella sensazione sconosciuta, anche mentre il suo buco si contraeva attorno al dito. Se lo ricordava da quella volta passata, e da ogni occasione successiva quando aveva chiuso gli occhi e aveva fatto finta che non fosse la sua stessa mano.

Gabriel aspettò, lasciando protrarre il silenzio, e Alec non lo ruppe. «Puoi accogliere più di questo,» disse piano l'alpha. Nonostante lo stesse tenendo fermo, le sue parole erano gentili, le labbra morbide mentre gli sfioravano l'orecchio. «Rilassati soltanto. Per me.»

Alec non rispose, ma non ne aveva bisogno: Gabriel poteva vedere ciò di cui aveva bisogno. Il dito si ritrasse e ritornò assieme a un altro, anch'esso scivoloso. Li spinse più a fondo, lento eppure implacabile, finché Alec dovette lottare contro di lui per divaricare le gambe. Gabriel glielo permise, piazzando un ginocchio tra esse mentre le dita dell'alpha venivano risucchiate all'improvviso nel suo corpo. Gabriel doveva aver pensato che per lui fosse facile, perché non ci fu alcun avvertimento prima che aggiungesse un altro dito. Alec si tese sotto di lui, agitandosi per quella sensazione di pienezza. Era quasi troppo, quasi... abbastanza.

Notò che la stretta sulle sue mani era sparita solo quando la mano pulita di Gabriel gli spinse il sedere verso il basso e lo accarezzò rassicurante, anche mentre tendeva le dita dentro di lui, facendo spazio per...

«Spingiti contro le mie dita,» ordinò l'alpha e lui lo fece, senza realizzare che c'era un quarto dito nel suo buco. E faceva male; l'insieme spesso delle grosse dita di Gabriel che spingevano dentro di lui, anche mentre si apriva per lui con dei movimenti propri. Mugolò per lo shock, per un secondo troppo sorpreso per reagire. E poi Gabriel lo stava baciando per scusarsi, su un lato del collo. «Scusa, scusa, troppo veloce... io... rilassati soltanto, per me. Respira profondamente e lasciati andare.»

Non avrebbe dovuto funzionare, ma ovviamente lo fece. Qualcosa nel suo cervello, che non avrebbe dovuto, reagì alla voce di Gabriel. Lui era un alpha, non era destinato a obbedire. Eppure, il suo corpo si rilassò attorno alle dita di Gabriel, il torace si allargò mentre inspirava ed espirava. Permise a Gabriel di muoversi dentro di lui, piegando le dita finché non gli urtò la prostata, facendolo sussultare così forte che Gabriel cadde in avanti, sorreggendosi sull'altra mano. Le dita si contrassero dentro di lui e quella scarica di piacere avrebbe dovuto agitarlo, ma invece fu invaso dalla calma, le sue palle erano di nuovo piene, il suo uccello duro come la roccia, ma la sua mente era muta.

No, non muta, perché poteva sentire qualcosa. Il battito regolare del cuore di Gabriel, troppo veloce ma stabile, era l'unico suono nell'universo. Il calore del suo corpo l'unica temperatura. La sua scia, inebriante e primitiva e *sua*, l'unica cosa che importava al suo lupo. Alec aveva gli occhi chiusi, però non aveva bisogno di guardare, poteva *percepire*. Non solo la forma e il peso di Gabriel e le parti soffici e dure di lui, ma anche qualcosa di ancora più profondo...

E poi avvertì il leggero dolore dissiparsi, quando le dita si ritrassero. Rimase lì sdraiato, sentendo freddo senza il peso di Gabriel, e ascoltò i suoni del suo amante che frugava nel cassetto del comodino; teneva ancora il lubrificante nello stesso posto in cui l'aveva tenuto nel suo appartamento da studente. E poi il peso tornò, notevole e bollente. Avrebbe dovuto essere opprimente, avrebbe dovuto sentirsi soffocare, essendo più minuto, invece lo sentiva giusto, un'àncora che lo teneva fermo, al sicuro da una tempesta interiore. Gabriel si spostò dietro di lui, come se non avesse bisogno di trovare la giusta posizione e potesse semplicemente lasciare che i loro corpi si unissero. L'uccello dell'alpha era una pressione bollente, setosa e scivolosa contro il suo buco delicato. E poi, così piano da non sembrare quasi reale, Gabriel iniziò a entrare in lui.

Nella sua mente, Alec sapeva che quello che stava facendo andava contro tutto ciò che avrebbe dovuto desiderare, ma la sua mente non era del tutto presente. Era solo un corpo, con i suoi bisogni e idiosincrasie, e ciò di cui aveva bisogno era il grosso e scivoloso cazzo che si stava spingendo dentro di lui in modo lento e costante, finché finalmente si sentì pieno, e poi un po' di più, e ancora di più. Mosse i fianchi, sentendo l'uccello di Gabriel premere contro le sue pareti interne. Non l'aveva mai fatto prima, non aveva mai provato più di un singolo dito, ed era troppo. Non poteva...

Gabriel premette un bacio contro il suo orecchio. «Alec,» disse, quasi pregando. «Alec, forza.»

Per un momento, pensò che si trattasse solo di una richiesta rivolta a lui e che avrebbe dovuto ammettere di non poter esaudire, ma poi sentì le unghie di Gabriel affondare nei suoi fianchi, nel tentativo di tirarlo su. Issarsi sulle ginocchia sembrò uno sforzo titanico, eppure ci riuscì, e poi le braccia di Gabriel si allacciarono attorno alla sua vita, in una presa ferrea che lo teneva sollevato. Qualcosa di quella posizione aiutò, perché quando Alec appoggiò i palmi sul materasso, i fianchi di Gabriel erano contro le sue natiche ed era completamente seduto sull'uccello dell'altro.

Pulsò dentro di lui, troppo grosso per essere contenuto eppure dentro del tutto, e Alec espirò, faticando a rilassarsi abbastanza da accoglierlo. Non riusciva a impedirsi di contrarsi tutt'attorno a lui e tremare abbastanza forte da non poter stare diritto senza un aiuto. Gabriel emise un gemito basso e sofferente nel suo orecchio, i fianchi si mossero impercettibilmente per riflesso e Alec si sentì attraversare da un fiotto di piacere. «Stai...» iniziò, ma parve soffocare nelle sue stesse parole. «Stai bene?» chiese. Poi, come ricordando, chiese: «Colore?»

Alec deglutì e cercò di concentrarsi. Era difficile, ma anche bello. Voleva che Gabriel si spingesse di nuovo in lui, voleva sapere come sarebbe stato sentirlo più di una volta... Voleva...

«Alec,» ripeté Gabriel, questa volta più deciso. «Dimmi un colore o mi tiro fuori.»

Era una domanda seria, una domanda importante. Non era un gioco, non era... Però non aveva bisogno di sentirselo dire, non quando Gabriel era completamente affondato nel suo culo, sorreggendolo ma sembrando a malapena capace a mettere insieme le parole. Si contrasse di nuovo, chiedendo di più. Gabriel rabbrividì, eppure non si mosse.

«Giallo,» riuscì a dire, poi lasciò ricadere la testa in avanti. «Ho bisogno...» Ansimò, incapace di trovare sia le parole che l'ossigeno.

«Okay.» L'abbraccio di Gabriel divenne più stretto. «Ti toccherò adesso,» lo avvisò, e fece scivolare una mano giù per gli addominali di Alec, verso il suo uccello. Alec fu quasi sorpreso di sentirgli afferrare il suo cazzo, non perché stesse provando fastidio, ma perché il suo corpo pareva essersi ridotto ai punti in cui Gabriel lo stava toccando. Il suo uccello scattò in su mentre il suo amante iniziava a masturbarlo. Lui rabbrividì nella stretta di Gabriel, la sua mente era vuota, il sangue ribolliva di desiderio e ogni carezza lo faceva sia spingere che contrarre. «Sì, forza, ti piace?» mormorò Gabriel, la voce roca e disperata. «Va... va meglio?»

Alec cercò di annuire, ma Gabriel emise un suono sofferente e smise di muovere la mano. «Colore,» ripeté ancora una volta.

Alec avrebbe voluto ribattere a tono, ma riuscì solo a emettere un mormorio. «Verde.»

Ciò sembrò infrangere il controllo ferreo di Gabriel, perché i suoi fianchi sussultarono, inviando un'ondata di piacere ai nervi sensibili di Alec, che serrò gli occhi.

«Oh, dea, grazie,» disse l'alpha, baciandogli il collo, una guancia, e lasciandogli andare l'uccello per stringerlo così forte a sé, da fargli dolere le costole. Si tirò indietro ritraendosi lentamente dal culo di Alec. Stava tremando dietro di lui, ma non si affrettò. Spinse di nuovo dentro, lento e costante, cauto nonostante il fatto che non poteva davvero fargli male. «L'ho desiderato per così tanto tempo...» confessò contro la spalla di Alec, ansimando, il respiro umido sulla sua pelle.

Era di nuovo tutto dentro, riempiendolo, finché ad Alec sembrò di non poterlo accogliere oltre; mosse i fianchi, la cappella premette contro la sua prostata. Poteva prenderlo, e anche di più. *Voleva* accoglierlo, e se avesse avuto il fiato per parlare, l'avrebbe detto, ma tutto ciò che riusciva a emettere erano mezzi gemiti e ansiti. Gabriel lo stava ascoltando, spostando appena l'angolazione delle spinte e aspettando la sua reazione, poi provandoci di nuovo. E poi la trovò. Si spinse dentro più velocemente questa volta, e si tirò indietro altrettanto in fretta, era più un affondo che una spinta e Alec gridò mentre il piacere lo attraversava. Una delle sue ginocchia cedette e Gabriel dovette gettarsi all'indietro, portandolo con sé, per tenerlo su. Poi lo fece di nuovo, e fu come se tutte le luci si spegnessero nel cervello di Alec; era troppo da sopportare, troppo da elaborare. Quando Gabriel fece scivolare la mano tra le sue gambe e gli afferrò l'uccello, bastò; non fece in tempo ad accarezzarlo che tutto era già finito.

L'orgasmo lo inondò, un impatto che lo lasciò sordo e cieco, togliendogli il mondo per lunghi e incalcolabili momenti, ma non finì lì. Si contrasse attorno all'uccello di Gabriel, bloccato dentro di lui dalla stretta del suo corpo, e ciò lo mandò dritto in un altro baratro, così intenso che collassò semplicemente. Il corpo in estasi, la mente quieta. Poteva percepire le spinte di Gabriel velocizzarsi mentre l'alpha lo scopava più forte, alla ricerca del proprio orgasmo. Poteva sentire il seme che colava da lui per quei movimenti; il corpo di un alpha ne produceva abbastanza per un omega, ma non c'era semplicemente spazio nel corpo di Alec per contenerlo tutto.

Gabriel riuscì in qualche modo a rallentare facendo crollare entrambi su un fianco. Tenne Alec abbastanza vicino da evitare che il suo uccello uscisse subito da lui, ma nessuno di loro riuscì a fare di più, prima che il sonno li cogliesse.

SI SVEGLIÒ PERCHÉ QUALCUNO lo stava toccando. No, non toccando. *Pulendo.* Si ritrasse di colpo da quel contatto e incrociò lo sguardo sorpreso di Gabriel dall'altra parte del letto. L'altro alpha esitò, poi gli offrì l'asciugamano caldo che stava usando. «Non vuoi che ti si secchi addosso,» commentò.

Non era la prima volta che si svegliava nudo con Gabriel Godsen nel suo letto, ma era la prima volta che aveva il suo seme nel culo. Dovette distogliere lo sguardo, respirando troppo in fretta e sentendosi un po' mancare.

La mano di Gabriel schizzò ad afferrargli il polso, stringendo abbastanza forte da fargli male. «Non farlo,» ordinò. «Ci siamo divertiti. Non farti prendere dal panico, Alexander.»

Non seppe cosa lo sconvolse di più, se il tocco o il nome, ma deviò i propri pensieri. «Sai il mio nome?»

Gabriel sbuffò, con il viso che si rilassava. «Certo che conosco il tuo nome. Pensi che io sia tornato qui dopo essere stato con te e non abbia chiesto a chiunque dove fosse finito il figlio degli Aiken?»

Alec lo fissò. «A tutti?» ripeté. All'epoca Gabriel era dichiarato da un po', e Alec gli aveva detto che lui non lo era, quando si erano incontrati per la prima volta nel territorio del branco, ma di certo...

«Non guardarmi così, la gente non è così sveglia. Tutti sanno che sono un pettegolo, posso semplicemente chiedere di persone a caso e loro mi rispondono. In più tutti sembravano convinti che tu fossi a malapena grande abbastanza da bere alcol, anche se sapevano che andavi all'università.»

Alec annuì. «Le persone lo fanno; credono che sia più giovane.»

Gabriel scivolò più vicino, ma non provò più a toccarlo, limitandosi a sedersi di fianco a lui, con la schiena contro la testiera, e mantenne la presa sul suo polso. «È stato okay?» chiese piano.

Aveva appena asserito che lo era stato, ma ora lo stava chiedendo per davvero. Gabriel aveva solo cercato di rassicurarlo, realizzò Alec. Non era sempre sicuro; faceva semplicemente finta perché era ciò che le altre persone volevano da lui. Alec voleva che fosse certo di quello, almeno, così tese le dita e girò la mano finché il palmo di Gabriel non premette contro il punto dove si sentivano le sue pulsazioni. Gabriel lo capì subito, facendo scivolare le dita in basso e permettendogli di unire i palmi e intrecciare le loro dita. La sua mano era calda e quella di Alec era sudata, e comunque non lo lasciò andare.

«È stato...» provò Alec, ma le parole non riuscivano a legarsi del tutto. «Sì.»

Gabriel espirò, senza cercare per niente di nascondere il sollievo. Gli strinse la mano nella propria. «Ti sta bene che gli altri lo sappiano?»

«Il branco?» chiese Alec. Una parte di lui non riusciva a smettere di pensare a Gabriel che faceva domande su di lui. Erano passati tre anni e nessuno aveva detto niente, ma Alec non poteva sapere cosa pensassero di lui...

«Il *nostro* branco,» lo corresse Gabriel con decisione. La sua postura rimase rilassata, il suo pollice stava sfregando distrattamente contro il polso di Alec ora. Lui poteva quasi percepire che si stava trattenendo dall'andare più vicino. Apprezzava quello spazio, però, visto che stavano parlando di qualcosa di così delicato.

«Sì,» disse, sorprendendo se stesso con quella verità.

Gabriel voltò la testa verso di lui, il battito un po' irregolare. «Sì?» ripeté, con gli occhi blu sgranati.

Alec incrociò il suo sguardo e annuì. «Iesu e Sergi... Voglio dire, a nessuno importa.»

Il sorriso di Gabriel fu quasi accecante; i denti scintillarono, quasi troppo affilati, e gli occhi erano tanto luminosi da intontire. Alec non riusciva ancora a credere che fosse per lui. Per *quello*. Ma come se potesse leggere il dubbio sulla sua faccia, Gabriel lo tirò verso di sé finché Alec non si girò e poi si stavano baciando: disperatamente e dolcemente in egual misura. Alec sentì di stare diventando di nuovo duro, e Gabriel non era da meno, ma ora non c'era alcuna urgenza. Non c'era fretta, perché non c'era una fine in vista.

Quando l'altro alpha spinse contro il suo petto per farlo smettere, lui non ne aveva ancora abbastanza. E poi realizzò che la sveglia sul telefono stava squillando. Era mattina e l'aveva impostata abbastanza presto da preparare la colazione alla sua famiglia.

«Credo che abbiamo delle responsabilità,» fece notare Gabriel. Teneva un braccio attorno alla sua vita e Alec gli era praticamente in grembo, ma aveva ragione.

E poi il dubbio affiorò nella mente di Alec, facendogli schizzare il battito alle stelle. «Tu non... è stato okay per te?» chiese, gli occhi incollati sul suo bicipite per evitare sia il viso di Gabriel che i loro corpi eccitati. Stava perdendo in fretta la propria erezione.

Gabriel sospirò, poi lo tirò finché fu vicino abbastanza da baciargli l'orecchio, poi il collo. «È stato anche meglio di quanto ricordassi,» disse dolcemente. Non sembrava un complimento; più che altro una confessione.

Ed era vero: il suo cuore non poteva mentire.

Epilogo

Ray non si era fatto vivo per la colazione. Josh, quando effettivamente si fece vedere, aveva l'aria di non aver proprio dormito; Alec non ricordava di aver mai visto prima un licantropo con delle occhiaie.

Gabriel schioccò la lingua nella sua direzione, ma non fece domande. «Prendi un po' di cibo, sembri un morto che cammina.»

Josh accettò il piatto che Alec aveva riempito per lui, però non si mosse finché non ebbe anche una tazza di tè forte. Alec cercò di non incombere su di lui mentre mangiava; anche se non riusciva a smettere di pensare a come dovesse stare Ray, se Josh aveva quell'aspetto.

Voleva bene a Ray, ma per tutti era stato ovvio fin dal principio che Josh *era innamorato di lui*. Alec non li aveva conosciuti prima e non si sentiva molto qualificato a indovinare i sentimenti e le relazioni tra le altre persone, ma sospettava che non si trattasse di uno sviluppo recente. Sapeva che i suoi sentimenti non erano cambiati quando si era rivelato, e a quanto pareva non erano cambiati nemmeno quelli di Gabriel; non in modo significativo. Probabilmente non era cambiato nemmeno quello che Ray e Josh provavano l'uno per l'altro. Qualsiasi cosa fosse.

Si ricordava quanto fosse stato terribile realizzare cosa stava succedendo al suo omega e non riusciva a capire come Josh potesse sentirsi così turbato ed essere ancora vivo. Peggio ancora, Josh aveva affidato a lui la salute di Ray, mesi prima, ma tutti sapevano che era Josh che si prendeva cura della sua sanità mentale. Il fallimento di Alec significava che la responsabilità di Josh nei confronti del loro compagno era praticamente impossibile da adempiere. Non c'era da stupirsi che avesse un aspetto di merda.

E poi, mentre sorseggiava il suo caffè, la conversazione della notte precedente gli tornò in mente. Solo in quel momento, Alec realizzò l'ovvia conclusione a cui non era giunto: se essere incinto di un altro alpha significava che perfino i suoi compagni non avevano bisogno di andare a letto con l'omega, allora se Ray concepiva con uno di loro soltanto, non sarebbe stato costretto a sottomettersi al resto del branco per l'intera durata della gravidanza.

Lanciò un'occhiata a Gabriel, con il bisogno disperato di dirlo a qualcuno, ma l'alpha non sembrava che fosse nello stato adatto per ascoltarlo, e se lui si fosse sbagliato...

Si costrinse a girarsi verso il lavello e iniziò lavare i piatti, anche se aveva cucinato lui. Nessuno lo fermò, forse potevano udire quanto il suo cuore battesse veloce e supponevano che avesse bisogno del conforto della routine. Anche quando erano stati completi estranei, nessuno di loro gli aveva mai posto domande imbarazzanti al riguardo. Alec era troppo intelligente per non sapere che cinque sconosciuti e l'uomo che una volta era stato il suo amante di sicuro avevano notato la sua ansia e, per la prima volta, si chiese perché non avessero mai detto nulla. Non era la prima volta che altri lupi ignoravano la sua condizione, i suoi genitori avevano preso a farlo da quando lui era giovane, ma dalla sua esperienza sapeva che, in qualsiasi gruppo, una o due persone tendevano a esprimere preoccupazione. Invece, nemmeno Marisa o Irina ne avevano fatto cenno. Appoggiò un bicchiere bagnato sullo scolapiatti per tornare a sbirciare Gabriel. *Gliel'aveva raccontato?*

Gabriel alzò lo sguardo, percependo la sua occhiata, e il cuore di Alec aumentò la velocità di un'altra tacca. Gabriel sollevò il mento in una richiesta silenziosa. Per un istante, ebbe la domanda sulla punta della lingua, ma poi Josh spinse indietro la sedia e Alec precipitò di nuovo sulla terra. *Ray.*

«Puoi preparare un piatto per Ray?» chiese a Gabriel. La voce gli uscì troppo tesa, pensò, anche se Gabriel poteva chiaramente capire che c'era qualcosa che non andava.

Non gli chiese spiegazioni, voltandosi invece verso Josh. «Un secondo,» disse, e iniziò a mettere nel piatto toast, uova, pancetta, saltando i fagioli e aggiungendo una porzione extra di pomodori, perché a Ray piacevano, sperò Alec, e non perché avrebbe dovuto mangiare più verdure per il bene del bambino. Josh fece un cenno di gratitudine prima di prendere il piatto e la tazza di tè che aveva preparato Sergi, secondo i gusti di Ray, e se ne andò.

«Allora?» Iesu alzò lo sguardo da dove lui e Sergi stavano spazzolando la colazione per arrivare in tempo al loro turno in cantiere. Gabriel aveva persuaso il suo supervisore ad assumerli, dopo che avevano dimostrato di sapersela cavare, lavorando alla casa e all'ala dei beta, e aveva anche convinto Ray a gestire alcuni dei lavoretti più facili lì. Avevano bisogno di aiuto e ciò significava che Ray doveva fare qualcosa di attivo, senza dover lasciare i piccoli o il territorio del branco. Anche Josh stava dando una mano, nonostante coprisse ancora dei turni dal benzinaio; e Alec non sapeva dire se fosse per il lavoro o la compagnia, ma Ray stava finalmente tornando a essere se stesso. O, almeno, l'aveva fatto prima che lui distruggesse tutti i progressi che dovevano essergli costati così tanto, con la sua rivelazione.

Alec esitò, speranzoso ma spaventato, e poi tornò a guardare Gabriel. «Devo dirti una cosa. Riguardo la ricerca.»

Ma Iesu intervenne subito: «Non pensarci nemmeno a non dirlo anche a noi. Ieri è stato un fottuto disastro, non c'è verso che succeda di nuovo.»

Alec gettò un'occhiata a Gabriel, in cerca d'aiuto, ma il suo amante scrollò le spalle. «È una cosa brutta?»

«No!» disse subito Alec, contrito. «No, è... è positivo. Credo... se ho ragione.»

«Per favore, puoi dircelo?» chiese piano Sergi. Aveva messo giù la forchetta, ma non si era alzato dalla sedia. Appariva calmo e le sue pulsazioni erano regolari quando Alec si girò verso di lui.

Era più facile guardare lui che Iesu, quasi pronto a dare di matto, o Gabriel, dolorosamente rassegnato. «Sapete che i lupi non sono interessati a dormire con Ray ora, perché lui è...» Agitò una mano, non volendo pronunciare quella parola. Non poteva impedirsi di ripensare al modo in cui Ray aveva sussultato. «Be', se i lupi perdono interesse nel momento in cui un altro alpha si accoppia con lui con successo, allora possiamo sfruttare questo fatto: non dovrà sottomettersi sempre a tutti.»

Iesu deglutì, un piccolo sospiro gli sfuggì dalle labbra. Ma non ebbe tempo di parlare, perché Gabriel attraversò la stanza e afferrò Alec per le braccia. «*Alec,*» disse, come se significasse altro oltre al suo nome. «Questo...» Poi lo tirò ancora più vicino e lo abbracciò così forte che gli avrebbe fatto male, se non l'avesse scaldato dentro come se avesse inghiottito il sole.

Chiuse gli occhi per un istante, avvolto nel calore, consapevole di aver fatto bene.

«E adesso?» Iesu suonò sofferente. Ma era coraggioso da parte sua chiedere, e Gabriel lasciò andare Alec per tornare a guardarlo.

«Cosa?» Gabriel fece un passo indietro, ma gli rimase abbastanza vicino da percepire il suo calore. La voce ringhiò d'avvertimento, però Alec non capì cosa Iesu stesse davvero chiedendo finché non continuò.

Gli occhi di Iesu erano puntati nei suoi. «Puoi...? Se Ray non vuole averlo...»

Alec sussultò, ma si permise il lusso di abbassare lo sguardo solo per un momento. «Sono in grado di praticare un aborto,» disse oggettivamente. Gabriel ringhiò davvero a quell'informazione, ma Alec non reagì alla sua rabbia.

«Ha il diritto di scegliere,» protestò subito Iesu, in risposta alla reazione di Gabriel.

«Scegliere cosa?» scattò Gabriel. «Quello è *suo figlio*. Ray non lo farebbe, non importa chi sia il padre.»

«Forse a lui importa,» ribatté Iesu. «E a me importa chiedergli ciò che vuole,» aggiunse.

Probabilmente non sapeva quanto quella fosse un'obiezione efficace per quanto riguardava Gabriel, però a lui servì tutto il proprio autocontrollo per non ritrarsi. Quando sbirciò l'alpha, vide che era immobile, le linee della schiena così tese che pareva sul punto di frantumarsi alla minima provocazione. Non parlò con nessuno di loro mentre camminava rigido verso la porta della cucina e uscì. Chiuse la porta piano dietro di sé, in modo così controllato che ad Alec si mozzò il fiato.

Iesu espirò un po' tremante e Sergi si alzò per mettersi vicino a lui, appoggiandogli una mano confortante su un fianco e lasciando che il suo amante premesse il volto contro un lato del suo collo. «Scusa, Alec,» mormorò Iesu.

Alec scosse il capo, a corto di parole. L'idea di fare del male a Ray, di far male a suo *figlio*... gli faceva venire la nausea, ma Iesu aveva ragione: era una scelta che doveva fare Ray. Gabriel poteva odiarla quanto voleva, ma chiaramente lo capiva anche lui, altrimenti non si sarebbe mai fatto indietro.

«Puoi... non penso di poterglielo dire io. Sul... Be', su come funziona. Io...» balbettò e si fermò, vergognandosi di se stesso. «Non penso di potergli parlare. Dopo ieri. E forse non vorrà neppure vedermi. Però dovrebbe saperlo. Gli sarà d'aiuto.»

Era stato così concentrato a far uscire quelle parole che non notò Sergi avvicinarsi a lui finché l'altro alpha non gli diede una pacca sulla spalla. Quasi sobbalzò fuori dalla propria pelle per la sorpresa e riuscì a malapena a non ritrarsi troppo visibilmente. Sergi tirò via la mano, a occhi sgranati. «Scusa, volevo solo... Alec, hai fatto del tuo meglio. Non tormentarti; non avrebbe mai potuto prendere bene una cosa del genere. Non è stata colpa tua.»

«Era una mia responsabilità,» lo corresse Alec a voce bassa. «È quello che gli ho offerto quando ho chiesto di unirmi al branco: la mia competenza medica. E non ho nemmeno potuto...» Si fermò, deglutendo così da non soffocare.

«Ehi,» insistette Sergi. Questa volta mosse la mano così lentamente che Alec la vide arrivare. Gli afferrò la spalla e la strinse. «Sei un dottore, non un veggente. Come avresti potuto saperlo?»

«Avrei dovuto saperlo,» obiettò lui. «Avrei dovuto...»

«Non avremmo dovuto lasciare che accadesse, per prima cosa,» commentò Iesu. «Abbiamo fallito tutti quando non lo abbiamo protetto, e questo è qualcosa che non riuscirò a perdonarmi molto presto. Però... però tu hai trovato una soluzione. Due soluzioni, in realtà. Se Ray le volesse.»

«Cazzo,» disse Alec, con sentimento. Non poté più trattenersi, si coprì la faccia con la mano destra, sperando almeno di tenere a bada le lacrime. Era troppo occupato a sentirsi come se fosse sul punto di singhiozzare e vomitare e avere un infarto in contemporanea perché gli importasse molto quando Sergi si avvicinò a lui e lo prese tra le braccia, stringendolo forte.

«Shh...» gli disse l'altro alpha. «Andrà tutto bene, lo prometto. Gliene parleremo noi. Tu hai già fatto abbastanza.»

Alec scosse la testa, incerto se stesse negando il proprio contributo o semplicemente crollando in pezzi.

Sergi lo strinse di più. «*L'hai fatto,*» insistette. «E ora ce ne occuperemo noi.»

DOPODICHÉ, ERA TORNATO nella sua camera. Iesu e Sergi avevano insistito ed erano rimasti a casa dal lavoro, dandosi malati, così da poter parlare a Josh e Ray. In verità, Alec sapeva che c'era ancora bisogno di lui, ma aveva troppo bisogno di rimanere da solo per rifiutare la loro gentilezza.

Non si era aspettato di trovare lì Gabriel, però. La camera aveva ancora il loro odore: della loro passione, fiducia, dei segreti che avevano permesso all'altro di vedere.

«Sei arrabbiato?» Non poté trattenere quella domanda, pur sapendo che suonava infantile.

Gabriel alzò lo sguardo dalle proprie mani, con un'aria così esausta che Alec avrebbe voluto costringerlo a mettersi a letto e dormire. Non avrebbe aiutato, certo: non era la notte insonne che avevano passato a scopare la causa della stanchezza di Gabriel. Sembrò metterci un po' troppo a elaborare una risposta. «Con te?»

Alec alzò le spalle e il suo amante sospirò, scuotendo la testa e allungando una mano per invitarlo più vicino. «No, tu... tu gli hai solo detto la verità. So che non vuoi farlo.»

Aveva già iniziato ad avvicinarsi, ma quello lo fece fermare di colpo. «No, non voglio. Ma lo farò, se Ray me lo chiederà.»

Gabriel sussultò, la sua mano invitante tremò, ma si limitò ad annuire. «È una decisione che spetta a Ray,» concordò soffocato. «Ora puoi venire qui?»

Non era un ordine, non era niente di simile a quello che avevano fatto la notte prima. Era l'opposto: una preghiera. Alec non voleva disobbedire agli ordini di Gabriel, almeno non in privato, ma era incapace di ignorare il suo dolore. Si affrettò verso il letto e si chinò per allacciare le braccia attorno al collo dell'altro, spingendogli il viso nel caldo spazio tra il collo e la spalla. Le braccia di Gabriel si chiusero subito attorno a lui, tenendolo tanto vicino da farlo barcollare. Alec cedette e gli salì in grembo, e Gabriel l'aiutò a sistemarsi.

«Non voglio mandare tutto a puttane,» confessò l'altro alpha, aggrappandosi a lui come se non potesse lasciarlo andare.

Alec esitò, con le ginocchia premute contro il lato delle gambe di Gabriel, l'intero corpo accoccolato tra le braccia dell'altro. «Nemmeno io,» ammise.

Ciò spinse Gabriel a sbuffare, una risata corta e rotta. «Okay, va bene. Obiettivi in comune, giusto?» Alec annuì contro il suo collo e Gabriel gli strofinò la schiena, le dita grandi che tracciavano la spina dorsale. «Dobbiamo parlare di alcune cose... Non penso che siamo molto bravi a farlo, dato quello che è successo, e non farò di nuovo lo stesso errore.»

Alec alzò il capo e Gabriel lo tenne stretto mentre si faceva indietro per guardarlo in faccia. «Stai parlando del... sesso?»

«No,» rispose Gabriel, deciso. «Il sesso è stato fantastico, e abbiamo i colori. Ma non c'è solo il sesso, vero?»

Il cuore di Alec sobbalzò allarmato e le dita di Gabriel gli affondarono nella schiena. «No?»

«Non per me,» disse spavaldo Gabriel. «Mi importa di te. Io...» I suoi occhi guizzarono via e Alec notò lo sforzo che impiegò per riportarli sul suo viso. «Io sono innamorato di te.»

Era una fortuna che Gabriel lo stesse tenendo dalla felpa, perché la stretta di Alec si allentò per lo shock. Gabriel lo tirò in avanti per impedirgli di scivolare giù dalle sue ginocchia. «Scusa.» Alec si concentrò obbligandosi a raddrizzarsi. Gabriel aprì subito le mani, lasciandolo andare. Prima di rendersene conto, era di nuovo in piedi.

Gabriel deglutì, ma quello che sconvolse ancora di più Alec fu notare che il suo battito era forsennato. *Per il nervosismo?*

«Io...» provò Alec. «Sì.» Gli occhi di Gabriel schizzarono su di lui. Gabriel, che lo *amava*. Si leccò le labbra, con i pensieri che si ingarbugliavano nella sua testa, non del tutto capaci di solidificarsi in parole intere che potesse condividere. «Anch'io,» aggiunse. «L-lo voglio.»

Il sorriso di Gabriel fu raggiante e balzò in piedi così in fretta che Alec fiutò la sua scia familiare di jeans e colonia prima di poter anche solo realizzare di essere tra le braccia di Gabriel. Gli premette la guancia contro il collo scoperto dalla maglietta, rabbrividendo per l'adrenalina accumulata, la gioia che gli schizzava nel cervello come una droga, stordente e capace di creare dipendenza.

«Bene,» decretò Gabriel, abbracciandolo un po' troppo strettamente. «Allora non c'è nessun altro, per tutti e due.» Non menzionò Ray, ma non aveva bisogno di farlo. Se Ray non avesse voluto, non sarebbe più stato costretto ad andare a letto con nessuno di loro, ed erano più che disposti a dargli tutto ciò che chiedeva.

«Perché... voglio dire, chi altri dovrebbe esserci?» chiese Alec, più curioso che preoccupato, inclinando il capo verso la bocca di Gabriel.

Quest'ultimo esitò. «Hai l'odore di Sergi addosso,» disse infine.

Alec sbuffò e iniziò a ridere in modo isterico, dopo la follia delle ultime ventiquattro ore. «Sergi? Mi ha abbracciato dopo che te ne sei andato! Non farebbe...»

«Non dirlo,» ringhiò Gabriel, e Alec si fermò.

Quando Alec cercò di tirarsi indietro dalle sue braccia, Gabriel resistette per un momento, poi allentò abbastanza la stretta perché lui potesse alzare le mani e prendergli il viso.

«Non voglio nessun altro,» disse, con semplicità. In qualche modo, era facile. Gabriel era stato coraggioso per primo; Alec poteva seguirlo. «Nessun altro... solo tu.»

Fu tutto ciò che ebbe bisogno di dire. Gabriel sentì quella verità come un uomo nel deserto a cui veniva data dell'acqua per la sua gola secca, e reagì con lo stesso sollievo di qualcuno a cui veniva detto che la morte sarebbe stata lontana per un altro giorno. Si afflosciò contro Alec, certo che quest'ultimo fosse abbastanza forte da sopportare il suo peso, e Alec lo tenne diritto per quei pochi istanti in cui non riuscì a fare da sé.

E poi Gabriel si tirò su ancora una volta e le loro bocche si incontrarono, senza bisogno di parlare, con le labbra che si cercavano come magneti attirati al loro vero nord. Alec sentì la morsa della paura allentarsi mentre quella del suo alpha si stringeva, e si permise di abbandonarsi al piacere, alla fiducia, alla verità che aveva temuto così a lungo.

Fine Libro III

Incontri di Mezzanotte

Le Stelle del Branco – Interludio 0.1
N.J. Lysk

Traduzione di: Sonja K. per "Quixote Translations"
Edizione italiana a cura di: Alessandra Magagnato

"Incontri di Mezzanotte"
        Copyright © 2019 N.J. Lysk
Traduzione: Sonja K. per Quixote Translations
Edizione italiana a cura di: Alessandra Magagnato

*In **Un Omega per il Branco**, Gabriel garantisce per Alec. Ecco
qui come accade, con piccoli indizi riguardo la loro relazione
passata. <u>Attenzione:</u> Alex soffre d'ansia e questo è il suo punto di
vista.*

Alec si era appena stufato dell'articolo che stava leggendo
quando sentì bussare. Adorava imparare, ma non era costante
con i lavori accademici quando non era chiamato a rispondere a
un professore. E ora che aveva terminato gli studi ed era tornato
nel branco, era difficile immaginare di ottenere un lavoro in
ospedale, o qualsiasi cosa che richiedesse abilità che andavano
oltre il diagnosticare una gola infiammata o un'infezione
all'orecchio, sul serio. Non c'era verso che i suoi genitori
acconsentissero a un suo nuovo trasferimento.

Erano entrambi stakanovisti, ma credevano nel branco più
d'ogni altra cosa, e ciò significava rimanere a casa finché non
avevi un compagno. Avevano fatto delle eccezioni a favore della
socializzazione con i colleghi umani, però, il che era il motivo
per cui erano fuori fino a tardi. Era raro, ed era ancora più
raro che Alec fosse così fortunato, perché quando aprì la porta
scoprì che il suo visitatore di mezzanotte era Gabriel Gosden.

«Gabriel,» mormorò.

Nessun altro era a portata d'orecchio, ma gli pareva
comunque proibito. Era la prima volta che si incontravano da
quando Alec si era rivelato alpha.

Se ci rifletteva, si sarebbe aspettato di percepire la
situazione come più strana di così. Gli alpha si sfidavano
sempre, cercando di sopraffare l'altro. Non perché ne avessero
bisogno, ma semplicemente per assicurarsi di avere il controllo.
Alec non aveva apprezzato per niente questo nuovo lato del

suo lupo, ed era diventata un'ennesima ragione per evitare le persone, ma era quasi altrettanto a disagio per la sua assenza.

«Ehi,» lo salutò Gabriel, non ad alta voce, ma senza sforzarsi di bisbigliare. Alec non era sicuro che Gabriel sapesse come farlo: sembrava quasi contrario alla sua stessa natura. Era comunque più alto di lui di tutta la testa, con spalle abbastanza larghe che il lupo di Alec avrebbe perlomeno dovuto sentirsi minacciato, eppure tutto ciò su cui lui riusciva a concentrarsi erano i suoi occhi azzurro cielo e i soffici capelli biondi. Non avrebbe dovuto essere così. Era stato già abbastanza grave quando Alec era stato un beta, e aveva osato entrare in un club nella città più vicina, solo per incontrare qualcuno con cui potesse davvero sfogarsi, fingendo con i suoi genitori di avere una cotta per una delle ragazze più giovani del branco, per rimandare i loro tentativi di accoppiarlo quando avrebbe finito l'università.

«Ehi,» disse stupidamente di rimando. «Che cosa sta succedendo?»

Le parole uscirono troppo formali, goffe. Era figlio unico e i suoi genitori gli avevano sempre parlato come se fosse un adulto; quando aveva iniziato a frequentare gli altri bambini a scuola, era stato troppo tardi per rimediare. Non che fosse mai riuscito a passare abbastanza tempo con loro: in qualche modo, non importava quanto avesse corso attorno a loro come lupo, non era mai stato in grado di trovare una giusta misura quando erano umani. E non andava meglio con gli umani normali; nemmeno la sua capacità di capire se stessero mentendo o se fossero turbati, grazie al suo fine udito, aiutava con la convinzione di starsi comportando in maniera errata.

Gabriel si guardò attorno e il cuore di Alec mancò di un battito. Avrebbe dovuto invitarlo a entrare, ma come lo avrebbe spiegato ai suoi genitori? Di certo non si sarebbero persi l'odore di un altro alpha in casa loro. Forse, se lui non fosse stato un tale recluso...

«Probabilmente non hai sentito la novità,» disse Gabriel, ignorando gentilmente sia il disagio di Alec che le sue maniere atroci. La maggior parte delle persone che lo notavano insistevano nel cercare di metterlo più a suo agio facendo domande, il che ovviamente lo metteva solo più in imbarazzo. Però Gabriel era troppo sicuro di star facendo la cosa giusta, e le sue successiva parole si dimostrarono essere una distrazione più che valida. «Ma mio cugino Raymond si è rivelato omega.»

«Oh, è...» Alec pensò di congratularsi, eppure non riusciva del tutto a capire se andasse bene. Di certo, era una cosa che si faceva quando dei maschi si rivelavano alpha, ma... «Non lo sapevo, no.»

«Lo immaginavo.» Gabriel annuì e incontrò i suoi occhi. Era un gesto pericoloso, soli com'erano, eppure il lupo di Alec rimase tranquillo. Nemmeno una briciola di disagio nell'avere un altro alpha così vicino. Casomai, fu il ricordo dello sguardo sfrontato di Gabriel a innervosirlo. L'ultima volta che aveva visto quello sguardo sul volto del ragazzo... «Avrà bisogno di alcuni alpha, ovviamente.»

Alcuni alpha. Al plurale, perché ci si aspettava che i maschi omega si accoppiassero con parecchi di loro e dessero inizio a branchi propri. E poi il tema della conversazione colpì Alec. «Vuoi *me*?» sbottò, e avvertì subito la propria faccia scaldarsi. Non intendeva *in quel senso*, ma dato il loro passato...

Gabriel sbuffò, gli occhi luminosi di divertimento. Appariva disinvolto e rilassato, proprio com'era sempre apparso accanto a lui. Forse lo rassicurava il fatto che lui non fosse riuscito a smettere di essere un completo imbranato sociale diventando un alpha. Lo aveva definito attraente una volta, quando... Alec respinse quel ricordo. Si era reso già abbastanza ridicolo. «Pensavo che potessi essere interessato,» continuò Gabriel, spostandosi i capelli dal viso con un movimento del polso che gli occhi di Alec non poterono impedirsi di seguire. «E Ray... non se l'aspettava.»

Lo stomaco di Alec si contrasse per solidarietà. Lui era stato un bambino esile, troppo magro e troppo affezionato ai libri. Adesso era cresciuto, certamente più minuto di Gabriel, ma non era inusuale tra gli alpha. Però non lo aveva mai dimenticato: le persone se lo erano aspettato da lui. Per un po', se lo era aspettato lui stesso, e poi quando aveva raggiunto la pubertà e aveva realizzato che non gli piacevano le donne... Era stato così sollevato di essere ancora un beta quando era stato accettato all'università e non gli era nemmeno pesato che i suoi genitori insistessero che tornasse a casa ogni fine settimana. O quasi ogni weekend: una volta che aveva ottenuto una stanza propria e un po' di solitudine, non aveva voluto rinunciarvici. Era tornato abbastanza spesso, e altre volte invece era semplicemente uscito, quando non doveva passare l'intera giornata in libreria, ringraziando la sua buona stella di non avere bisogno di più di tre ore di sonno per notte e chiedendosi come ci riuscissero gli umani con i loro corpi fragili ed esigenti. La sera che aveva incontrato Gabriel per la prima volta, era stato così a corto di sonno che aveva pensato di stare immaginando l'odore di un altro lupo.

«È tremendo,» disse all'altro. Una descrizione pessima di cosa doveva star provando quel povero ragazzo. Ma non c'era motivo di blaterare; non avrebbe mai potuto trovare le parole giuste per faccende come quella.

L'altro alpha annuì come se per lui avesse senso. «Sì, quindi ha bisogno di brave persone.»

E Gabriel pensava che Alec lo fosse. O, più probabilmente, pensava che Alec fosse abbastanza inoffensivo per gironzolare attorno al suo prezioso cugino. «Io...»

«A meno che tu non abbia...?» Gabriel si accigliò, lasciando di proposito la frase in sospeso, non come se fosse davvero in dubbio, ma come le altre persone alzavano la voce per segnalare una domanda. Alec non pensava che Gabriel fosse capace di essere incerto, faceva solo finta per educazione.

«Cosa? No? Chi avrei... Conosci i miei genitori,» rispose Alec. *Lui* era a disagio, scommetteva che a Gabriel non mancassero proposte, l'unica ragione per cui era single era il fatto che fosse sia alpha che gay. Anche Alec lo era, ma per lui si trattava semplicemente dell'ultima goccia: sapeva di essere abbastanza attraente, ma non riusciva a mantenere una relazione per più di un paio di appuntamenti. Tranne per quello che avevano fatto lui e Gabriel, Alec non era mai riuscito a tenersi un amante per molto.

Realizzò di aver abbassato lo sguardo davanti a un altro alpha solo dopo il fatto. Però l'idea di incrociare gli occhi orgogliosi di Gabriel, dopo quello, era semplicemente insopportabile. Il suo lupo non si stava lamentando, pensò, quindi al diavolo.

«Sì, mi ricordo la tua "ragazza",» convenne Gabriel. Alec cercò di reprimere una smorfia a quella frase. Non aveva voluto ammetterlo all'altro, ma era il tipo di cosa che ci si faceva sfuggire quando incontravi qualcuno in una situazione simile. Però Gabriel non era stato troppo orgoglioso per dire ai suoi genitori che non si sarebbe accoppiato con una femmina omega, non importava quanto l'avrebbe trovata attraente durante la luna piena. «Quindi ho pensato che sarebbe stato l'ideale per te.»

«Sì,» concordò subito Alec, poi si fermò, facendo una smorfia per quanto sembrava disperato. «Sarebbe perfetto. Ma ho bisogno... Ti chiamerò domani,» concluse, alzando lo sguardo solo per un secondo.

«Certo,» accettò Gabriel.

«Bene, uhm, grazie,» aggiunse. Alec notò il suo cenno con la coda dell'occhio, proprio mentre si stava voltando.

Si immobilizzò, alzò di nuovo il capo quando realizzò che aveva quasi voltato le spalle a un altro alpha. Era più che offensivo, metteva in chiaro che non lo consideravi una minaccia, che non lo ritenevi eguale. Gabriel lo stava ancora osservando, il battito cardiaco regolare. Non pareva arrabbiato né infastidito. «Hai il mio numero, giusto?»

«Sì,» rispose Alec troppo in fretta. «Io... sì.»

Non avrebbe dovuto averlo, si rese conto. Perché l'unico motivo per cui lo aveva era perché lui e Gabriel potessero contattarsi quando si ritrovavano entrambi nel territorio del branco, ed erano troppo occupati per riuscire ad andare fino in città. Gabriel gli aveva dato il suo numero così che potessero incontrarsi e divertirsi, e Alec non l'aveva cancellato. Tentò di non andare nel panico. Poteva essersene dimenticato; non doveva significare che lui volesse ancora... Non c'era verso che Gabriel potesse perdersi la sua progressiva caduta nel terrore, eppure gli rivolse semplicemente un altro cenno e voltò per metà il corpo. Poi si fermò, non del tutto girato, e gli parlò così, senza fronteggiarlo. Era offensivo? Alec non si sentiva urtato. «Sai che io mi... offrirò a mia volta, insomma.»

A suo cugino omega. Alec non lo aveva capito. Quindi non dovevano essere parenti così stretti. Spiegava perché Gabriel si stesse sforzando di aiutarlo. Ora ci vedeva una logica: Gabriel non voleva alcun alpha nel nuovo branco che lo avrebbe sfidato, e sapeva di potersi fidare che lui non l'avrebbe mai fatto. Mandò giù sia il dolore che la rabbia. Che cosa si era aspettato? Nemmeno il suo stesso lupo pensava che Alec fosse una minaccia, e che altra ragione poteva avere Gabriel per selezionarlo? Dovevano esserci altri lupi alpha gay in un branco grande come il loro, e qualcuno come Gabriel probabilmente li conosceva tutti.

E lì c'era Alec che aveva pensato che l'altro si ricordasse con nostalgia il loro tempo insieme, che volesse Alec attorno per il suo bene...

«Sì,» mentì, del tutto consapevole che Gabriel poteva percepirlo.

«Bene allora, ci sentiamo dopo.»

Con quello si girò completamente, e Alec lo seguì in fretta, voltandogli la propria schiena. Non importava, non tra loro. Non quando Alec non era nemmeno un vero alpha.

Armeggiò con la porta, anche se non era nemmeno chiusa a chiave, e poi ci premette contro la schiena, mentre il sollievo si abbatteva su di lui nella casa vuota e silenziosa. Lo detestava ma, se era solo, almeno non poteva fare cazzate.

L'Amato del Branco (libro 4)

Un omega è essenziale per il suo branco.
Ma un omega è solo un uomo.
E un uomo ha bisogno di essere amato.
Si può concedere il corpo ma non il cuore?

Ray ne ha passate tante da quando ha formato un branco con i suoi cinque alpha. Però ora ha dei propri beta che lo supportano nella cura dei figli, una casa fatta e finita, e ha perfino iniziato a dipingere di nuovo.

Eppure, il passato non scompare facilmente e Ray sta affrontando le conseguenze di un trauma orrendo. Per fortuna ha i suoi compagni alpha al suo fianco, a ogni passo di questo processo. Specialmente il suo migliore amico d'infanzia Josh. Ma Ray vuole altro da lui, oltre che supporto incondizionato e devozione impareggiabile; vuole che Josh lo ami.

Non come un alpha ama un omega, ma come un uomo ama un altro uomo.

Per Josh, non c'è niente di peggio che vedere Ray soffrire e lo ha visto troppo spesso per dimenticarselo in fretta, ma riuscirà a scorgere il ragazzo che ama, sotto le cicatrici che gli ha lasciato il mondo?

Se Ray sarà abbastanza forte da chiedere aiuto e Josh potrà credere in lui, sarà possibile un brillante futuro per il branco... non importa quanto siano vivi gli spettri del passato.

Questa è la conclusione della tetralogia de "Le Stelle del Branco" e leggere gli altri libri è necessario per capire il volume.

Prologo

Tutti i bambini pensavano che i loro genitori fossero invincibili, ma Ray aveva più ragioni degli altri per farlo. Non solo i suoi erano licantropi e immuni alle malattie, ma erano protetti da un branco altrettanto forte che si allargava di anno in anno. I lupi sapevano che il mondo era un posto pericoloso, ma i cuccioli, come i bambini, imparavano dall'ambiente in cui crescevano. Era così che alla fine addomesticavi i cani abbastanza da poter dormire sonni tranquilli nel lasciarli rimanere sul letto di tuo figlio.

E ovviamente, più in alto eri più violentemente cadevi. E a tredici anni, Raymond Halley era stato in cima al mondo. Josh doveva saperlo; era stato tanto geloso di Ray quanto lo era delle sue attenzioni.

Ray aveva tutto ciò che Josh desiderava: una madre amorevole che era sempre a casa e che ascoltava sempre, un padre altrettanto devoto che lavorava sodo ma che si prendeva del tempo per i propri figli. Gli aveva invidiato perfino i fratelli minori, anche se ciò significava che Ray aveva iniziato a cambiare pannolini a nove anni e aveva avuto più responsabilità crescendo. Ma anche se i piccoli potevano essere irritanti, la loro esistenza significava che Ray non avrebbe mai potuto essere davvero solo.

Josh lo era. Perché i suoi genitori lo amavano, si assicuravano che cenasse e che andasse bene a scuola e che avesse degli amici. Gli facevano domande su tutte quelle cose e parlavano liberamente di fronte a lui. Ma non gli facevano desiderare di tornare a casa quando era da Ray, quando ci finiva la maggior parte dei giorni dopo scuola. E quando diceva che voleva rimanere lì durante il fine settimana, glielo lasciavano fare senza storie. Era probabilmente una gentilezza, però Josh non lo percepiva come altro che uno sgarbo. Lui non avrebbe mai permesso a qualcuno che amava di passare tutto il tempo lontano, almeno non senza litigarci.

E poi il padre di Ray era morto in un incidente d'auto. L'altro al volante non stava nemmeno andando forte, un po' sopra il limite di velocità, ma vivevano vicino a un'autostrada principale, e non lo aveva fatto nemmeno il padre di Ray. La polizia aveva concluso che uno di loro fosse stato accecato dal sole in un istante decisivo prima dell'impatto. Per un inaspettato caso del destino, l'umano era sopravvissuto e il licantropo era morto quando era stato sbalzato dal proprio veicolo e aveva colpito il guard-rail così forte da venire quasi decapitato. Josh non riusciva ancora a pensarci senza sentirsi male. Ray aveva preteso che sua madre glielo raccontasse, rifiutandosi di credere che suo padre fosse mancato, finché lei non era finalmente crollata e lo aveva portato nei boschi per dirglielo, lontano dai suoi fratellini.

Ray aveva vissuto da lupo per un mese, dopo. Josh aveva tentato di unirsi a lui, ma i suoi genitori avevano insistito che *lui* non aveva scuse per saltare la scuola. Invece aveva passato il tempo libero con Ray, ad aiutarlo a cacciare e portandogli carne fresca dal frigo, quando non riuscivano.

Ray non era stato in grado di parlare, non solo perché non aveva la bocca adatta per farlo, ma aveva permesso a Josh di sostenerlo. Si era accoccolato di fianco a lui e, quando Josh era in forma umana, aveva acconsentito che gli strofinasse le orecchie per ore. Josh aveva già capito di voler baciare il suo migliore amico, ma ci era voluta la cosa peggiore che sarebbe mai potuta capitare per fargli realizzare che voleva molto di più di quello.

Si era detto che Ray non era pronto a sentire una cosa del genere, di cui Josh non era sicuro. O comunque non certo abbastanza per poterne parlare e non avevano altro che tempo... Ma la verità era che ammettere quanto Ray significasse per lui rendeva ancora più impossibile rischiare di perderlo.

Eppure, lo aveva perso comunque. Riusciva a vederlo ora. Ray stava soffrendo e invece che cercare Josh, si era ritratto in se stesso quanto più poteva.

Continua a leggere L'Amato del Branco!

Se questa storia vi è piaciuta, potete unirvi alla mia mailing list:

https://readerlinks.com/l/3325213

O visitare il mio sito Web (www.njlysk.com/libri[1]) per trovarne altre. Mi piacerebbe davvero anche ricevere una recensione! Le recensioni consentono agli altri lettori di sapere a cosa stanno andando incontro e fanno sì che il libro trovi le persone giuste, inoltre è bello conoscere il tuo pensiero, per capire cosa funziona e cosa no!

Iscriviti alla mia mailing list per essere informato sulle nuove uscite, offerte, copie, recensioni gratuite e scene bonus.

---

1. http://www.njlysk.com/libri

Altri libri di N. J. Lysk

La mia mailinglist[1] - Il mio sito web[2] – Il mio negozio[3]

Potete trovare un elenco aggiornato di tutti i libri sul mio sito web.[4]

Percorsi Inconsueti:

1) **Un Omega Inaspettato** – un omega più maturo pronto a cambiare il mondo, un giovane alfa che non crede nel suo potenziale. Un amore più forte della distanza, dell'età o delle inclinazioni personali. **A/B/O. MM. Age gap. Amore a distanza.**

2) **Cuori di Carta** – Abel non è il tipo di alfa che crea scompiglio quando il suo ex, un omega, trova un altro compagno, ma è comunque talmente solo da andare a cercare l'insegnante della figlia per lamentarsi della perdita di tempo per le celebrazioni di San Valentino. Non si aspetta di trovare

---

1. https://readerlinks.com/l/3325213

2. https://readerlinks.com/l/2150966

3. https://smarturl.it/NJLyskLibri

4. *https://readerlinks.com/l/1729103*

molto di più che cuori di carta. **MM. Age gap. Umano/lupo mannaro. Dolce.**

Standalone (Autoconclusivi):

● **Un Omega in Missione** – Gli omega si prendono cura degli altri, non sono combattenti, e Gabi è felice di badare al suo alfa. Ma quando si imbatte in un animale in pericolo, il suo istinto protettivo prende il sopravvento, e nessuno vuole ostacolare un omega in missione. **A/B/O. Dolce.**

● **Una luce nella tempesta** – Soli e intrappolati da una pericolosa tempesta artica, due giovani uomini non hanno altra scelta che affrontare i sentimenti che provano l'uno per l'altro. **A/B/O. Lupi mannari. Isolamento.**

● **Un legame indistruttibile** – Quando Lia si manifesta come un'omega, sa che il suo destino è segnato. Ma se c'è una persona su cui può contare è la sua migliore amica... che si dà il caso sia un'alfa. Amira farebbe qualsiasi cosa per proteggerla, ma Lia è innamorata di lei il suo cuore non può prendere quello che non le viene dato spontaneamente. **Storia d'amore F/F. Omegaverse.**

● **Omega al chiaro di luna** – La scuola è finita e Cole è pronto a prendersi una pausa prima che la sua vita da adulto abbia inizio, ma quando un gita in campeggio con i suoi due migliori amici si trasforma in qualcosa di molto più selvaggio, tutto cambia per sempre. **Alpha/Beta/Omega. M/M/M.**

● **Il sacrificio dell'Omega** – Il destino distribuisce le carte, ma puoi ancora giocare la tua mano. Quando un giovane omega viene mandato via per sposare un alfa sconosciuto, non ha altra scelta che scoprire chi sia. **Un romanzo omegaverse sul matrimonio combinato.**

Destini intrecciati:

• **Veramente Tuo** - Quando Shane inaspettatamente si rivela essere un omega durante la luna piena, il suo fratello gemello interviene per proteggerlo dagli alfa che lo vorrebbero reclamare... Ma anche Tim è un alfa. **A/B/O. MM. Incesto tra gemelli.**

• **Not to be Borne** – Quando suo fratello gemello si rivela essere un omega, Michuá sente che il mondo sta finendo. In un certo senso, diventare lui stesso un omega sembra l'unico modo per stare insieme... Ma il nuovo alfa di Zybyn vuole molto di più di quello che avevano pattuito, e durante un viaggio verso una terra sconosciuta non c'è nulla che gli impedisca di prenderselo. **Consenso negato, abuso, incesto tra gemelli, finale felice.**

• **The Realm of the Impossible (Solo in inglese)** - La Regina è morta e Lorax è pronto a prendere il posto che gli spetta, ma un tradimento profondo non gli lascia altra scelta che cedere il trono o perdere l'unica famiglia che gli è rimasta. In questo bivio insopportabile, Lorax può guardare la nuova Regina condurre il suo Paese a una guerra che lo distruggerà, o assecondare l'unica debolezza del suo nemico: sé stesso. **Un romanzo regale tabù MM.**

Serie Nel buio più profondo (N.Y. Lysk):

• **Tener Duro** – Quando un ragazzo di umili origini viene catturato da un nemico di rango superiore in battaglia, si prevede che offra la propria sconfitta al suo carceriere, permettendogli di portarselo a letto. Ma lui è abbastanza giovane perché l'atto attivi involontariamente un processo ormonale che può renderlo femminile in modo irreversibile. **Questa non è una storia d'amore.**

• **Per Volere dei Cieli** – Per scongiurare la guerra civile, il principe Hiram di Pradeira accetta di avere un figlio da ognuno dei principi del regno, in modo che il primogenito erediti il trono da chiunque lo abbia concepito. **Questa non è una storia d'amore.**

Le Stelle del Branco:

1) **Un Omega per il Branco** – Quando Ray si rivela un omega invece che un alpha, la sua vita cambia per sempre. In quanto maschio omega, ci si aspetta che lui si accoppi con un selezionato gruppo di alpha e che dia inizio a un proprio branco.

1.1) **Più semplice del Previsto (un interludio)** – Sergi ha smesso di mentire a se stesso: ha da un po' una cotta per un ragazzo. Tuttavia, sembrerebbe che raccontarsi la verità sia solo il primo passo di un lungo percorso. *Anche in Tedesco-Italiano e altre edizione bilingue.*

2) **Alpha per il Branco** – Ray non era pronto per diventare un omega, ma è arrivato ad accettare il suo destino... finché il branco potrebbe avere bisogno di molto di più da lui, più di quanto possa concedere.

3) **I Protettori del Branco** – Alec e Gabriel sono innanzitutto gli alpha di Ray e niente l'uno per l'altro. Però, tre anni prima, le cose erano molto diverse.

4) **L'Amato del Branco** – Un omega è essenziale per il suo branco. Ma un omega è solo un uomo. E un uomo ha bisogno di essere amato. Puoi condividere il tuo corpo e non condividere il tuo cuore?

5) **Beta a parte** – Marisa non ha mai esitato ad andare in soccorso di suo fratello, anche quando lui ha quello che lei desidera di più al mondo e che non potrà mai avere. Ma, forse, dove c'è amore, c'è un modo per averlo.

> 5.1) **Intorno al focolare** – Quando Marisa suggerisce di tagliare un albero per Natale, la reazione di Ray sciocca tutti. Ma c'è qualcosa di molto più profondo in gioco che gli ormoni della gravidanza, e Josh è pronto ad aiutare Ray ad arrivare in fondo a tutto.

Werewolves of Windermere:

1) **The Mating Habits of Werewolves:** Devlin è un omega con ambizioni completamente diverse da quelle di un alpha, ma quando il destino lo chiama, potrebbe non avere molta scelta. Alpha/Beta/Omega.

2) **Alphas Alone:** Un lupo mannaro alpha ha delle responsabilità che non può ignorare: trovare un omega, proteggere il suo branco, non innamorarsi di un altro alpha.

3) **The Parenting Habits of Werewolves:** La conclusione della trilogia.

Rules to Break:

• **Cracking Ice:** L'hockey significa tutto per loro... finché i due non si incontrano. Una storia d'amore fra un alpha, un omega e l'hockey.

  • **Not Destiny:** Thomas e Uriel non erano destinati a stare insieme. Ma se si scegliessero comunque, potrebbero superare ogni previsione? Una storia d'amore tra un alpha e un beta.

N.J. Lysk

N.J Lysk (pronomi: qualsiasi) è una persona queer –
quasi in tutti i sensi della parola – per cui le storie
hanno sempre rappresentato la sua vera casa. Ha
studiato linguistica e letteratura (vale a dire,
qualcuno gli ha offerto una vera giustificazione per
leggere di professione) ed è finitə a insegnare, ma
scrivere è il suo vero amore.

Dipendente dall'angst, innamoratə dell'**mpreg** e
sempre prontə a provare un nuovo **kink** (in un libro,
s'intende!) si è appassionatə all'**omegaverse** grazie
alle fanfiction (ma non ha la pazienza per scrivere su
personaggi altrui) e recentemente si è allargatə dai
licantropi ai **giocatori di hockey**.

NY scrive narrativa dark, NJ scrive storie d'amore.

NJ parla più lingue, tra cui l'italiano, e ama ricevere
missive nella lingua dei suoi antenati.